Hôtel de la houle

Cécile Oliva

A ceux qui fuient.

Hôtel de la houle.
Si j'avais dû donner un nom à un lieu, je n'aurais pas trouvé mieux. Il correspondait parfaitement à celui que j'étais, ce jour-là, lorsque je suis arrivé à Saint-Briac. Un mouvement d'ondulation qui agite la mer sans faire déferler les vagues. La première chose que j'ai faite en descendant de ma voiture a été de vomir. J'aurais pu regarder au loin, respirer l'air marin en ouvrant grand les bras, je me suis contenté de vomir sur mes pieds sans avoir eu le temps de me mettre à genoux. Même ça je n'avais pas réussi à le faire. La route ne m'avait pas semblé longue pour arriver jusqu'ici. J'avais pris le volant sans savoir où aller ni quelle direction prendre. J'avais décidé au dernier moment de rouler vers l'ouest sans savoir à quel moment je pourrais m'arrêter. Avant de prendre la route, j'étais resté longtemps assis dans ma voiture, tétanisé par ce qui venait de se passer. Je n'arrivais plus à bouger. Je n'entendais plus aucun son provenant de la rue. Tout était opaque et sourd autour de moi comme cela l'est souvent après une explosion. Je ne sais plus combien de temps je suis resté ainsi immobile et muet. Je ne sais plus à quel moment j'ai repris mes esprits ni à quelle heure précise j'ai enfin allumé le contact du véhicule. Je me souviens juste que j'avais décidé de m'enfuir.
Rouler le plus loin possible jusqu'à rencontrer la mer. Une étendue d'eau où laver mes péchés et ceux des autres.

Quittant ma grande ville de province, dont le nom n'a plus d'importance, j'avais décidé de rouler vers l'ouest. Pour me guider sur la route je ne m'étais fié qu'aux noms des panneaux. Certains m'avaient donné envie de les suivre, d'autres de m'en éloigner sans que je sache réellement pourquoi. J'avais roulé tard dans la nuit. Les feux de ma voiture n'avaient peut-être pas su en éclairer certains.

Ce fut lorsque j'aperçus, à la lumière crue du matin, celui indiquant *Barrage de la Rance,* que je sus que j'avais enfin trouvé un endroit. Car il me fallait franchir une ligne, un obstacle, un mur, une frontière ou un pont, pour continuer de vivre et ne pas me laisser à la tentation de me foutre en l'air.

Je ne connaissais pas la Bretagne. J'avais quarante-cinq ans et aucune envie ni occasion ne m'avaient encore permis de m'y rendre. Il y avait beaucoup de choses que je n'avais pas encore faites jusqu'à ce jour-là.

Je venais de commettre la pire. J'avais frappé un homme. De toutes mes forces, j'avais appuyé sa tête contre un mur jusqu'à ce que le sang coule. Jusqu'à ce que je lise dans ses yeux que si je n'arrêtais pas, il allait mourir. C'était la première fois. Je n'avais jamais frappé personne. Il y a des premières fois terribles. Celle-ci était la plus effroyable de ma vie et je n'avais envie de demander pardon à personne. J'avais juste envie d'essuyer le vomi sur mes chaussures.

L'air était doux. Un vent léger soulevait le bas de ma chemise sortie de mon pantalon. Je ne pouvais pas me présenter à l'hôtel ainsi, le regard éteint et la gueule puante. J'avais besoin de faire bonne impression pour éviter les remarques ou pire les questions. Reporter à plus tard tout ce qui aurait fait, peut-être, de moi un lâche ou un salaud aux yeux des autres.

Je suis descendu vers le rivage. A cette heure du matin je ne pouvais croiser que des hommes habitués au silence. La mer était d'un calme gris et vert. Le ciel chargé de nuages blancs ne permettait pas d'éclairer la surface de l'eau. On ne devinait pas sa profondeur. Elle semblait dure et solide comme la terre. Je me suis avancé au plus près tenté d'y pénétrer. Je m'imaginais m'enfuir en courant jusqu'à ce que je rencontre un autre pays. Un nouveau refuge pour m'accueillir. L'Angleterre ne me faisait pas envie. J'aurais dû rouler jusqu'à Brest, j'aurais pu alors pousser un sprint jusqu'au New Hampshire.

J'avais fui le dimanche des Rameaux. J'étais en avance sur la semaine sainte. J'ai laissé une petite vague baigner mes pieds, les laver comme Jésus avait lavé ceux de ses apôtres avant de se mettre à table pour la dernière cène. Le dernier repas avant la trahison. J'en étais, moi, au lendemain. Au lendemain de ce qui m'avait poussé hors de moi, en dehors de tout ce je pensais de moi. Je ne savais pas qui j'étais avant de frapper cet homme. La violence des coups m'avait fait naître une seconde fois. J'avais sans doute dû battre des poings pour sortir du ventre de ma mère et je m'en étais soudain souvenu.

1ère partie

Premier jour

Lieu de prodige

Posé au milieu du boulevard de la houle, telle une pierre sacrée selon un axe sud-ouest/nord-ouest, l'hôtel se trouvait à la croisée des chemins de toutes les croyances religieuses et païennes qui avaient forgées cette région il y a bien des siècles. Il était difficile de le dater mais la taille modeste des fenêtres indiquait que la structure en pierre appartenait à une époque lointaine.

On accédait à l'intérieur par un perron côté rue, donnant sur une baie vitrée attenante à la façade. Un étroit auvent protégeait de la pluie si un moment d'hésitation empêchait les voyageurs de franchir le seuil de la porte directement.
Le hall était minuscule. La réception n'en était pas vraiment une. Un bureau destiné à l'accueil des clients était installé au pied des escaliers donnant ainsi l'impression que le plus important se trouvait au-dessus, parmi les huit chambres que comptait l'établissement. Toutes étaient meublées à la manière de l'intérieur d'un bateau. Simplicité et fonctionnalité à l'honneur. Aucun tableau aux murs. Cependant deux d'entre-elles possédaient un cadre suspendu sur une des cloisons accueillant une simple photo en noir et blanc que la plupart des résidents ne prenaient pas le temps de regarder.

Heureux celui qui croit sans voir (d'après l'Evangile de Saint Jean 20,19-29) était le verset que le directeur de l'hôtel avait décidé de suivre depuis qu'il s'était installé à Saint-Briac . Outre une allergie inexpliquée aux documents officiels indiquant l'identité de tout

individu recensé auprès du service public, Thomas, car c'était son nom, ne demandait jamais aux clients de son établissement la moindre preuve des noms et prénoms indiqués sur son registre. La seule vue d'une carte d'identité ou d'un passeport le rendait malade. Il développait alors une épouvantable crise d'urticaires, suivi d'un gonflement des yeux et parfois même des mains s'il avait le malheur d'en saisir un exemplaire. Aucun médecin n'avait réussi à poser un diagnostic. Il y était allergique. Point.
En dix ans d'activité il n'avait jamais eu le moindre problème et s'appliquait à ne changer aucune des habitudes héritées de ses parents qui avaient tenu, jusqu'à leurs décès, un hôtel à Brighton, une station balnéaire du sud de l'Angleterre.
Tous s'accordaient à dire que Thomas, sous son allure de goéland marin, au cou aussi long que large, possédait un flair infaillible qu'il utilisait, non pas pour repérer des éventuelles proies, mais pour protéger ceux qui, justement, cherchaient à échapper à la fatalité de leurs espèces.

Elevé dans la confiance et le partage, il n'avait eu cesse de prolonger ces enseignements au sein de son activité professionnelle. Il voyait ses clients tels des brebis égarées rentrant dans une église. Car son hôtel avait une particularité. Aucune installation n'était prévue pour accueillir une famille avec enfants. Les chambres, plutôt petites, à part celle possédant la grande terrasse, ne permettaient pas de loger une clientèle familiale. D'ailleurs le site internet de l'hôtel avait été conçu pour décourager toutes réservations en ce sens.
Thomas considérait que les familles heureuses désirant séjourner à Saint-Briac pouvaient se loger dans un autre établissement que le sien et que chacun y trouverait son compte. Economiquement Thomas s'y retrouvait, car son hôtel, comme par miracle était toujours complet. Comme par enchantement, un voyageur

solitaire en remplaçait systématiquement un autre suivant un rythme régulier qui aurait intrigué n'importe quel scientifique digne de ce nom.

Une force lunaire ou tellurique, à l'image d'un aimant, devait attirer un certain type de clients vers son hôtel sans qu'il comprenne précisément pourquoi.

Croire sans voir, croire sans chercher à comprendre était sa philosophie et donnait sens à tout ce qu'il faisait.

Malgré ses convictions qu'il définissait athées, il ne pouvait s'empêcher de penser qu'un esprit invisible, plus grand que l'homme, régentait l'univers. Son établissement n'en était qu'un point de repère. Une force énergétique émanait de cette côte. Il était convaincu qu'un courant électrique inhabituel circulait sous la croûte terrestre de son hôtel qui permettait aux évadés en tous genres de venir s'installer dans son établissement. Un axe à la croisée des chemins de la vie. La plupart du temps quelques jours suffisaient à les rétablir, à leur redonner confiance afin qu'ils puissent poursuivre leur existence autrement.

Thomas était fier et heureux que son hôtel existe de cette façon au bord d'une mer de prodige et sous un ciel de mystère. Un astre solaire prêt à accueillir tous les désaxés de la terre.

Au comptoir du Brise-lames

Plonger mes mains sous l'eau fraîche du robinet, laver mon visage, laisser les gouttes glisser le long de ma nuque furent les seuls moments de bien-être depuis mon départ. J'avais remarqué un bar attenant à l'hôtel. L'essentiel de cette première journée, loin de tout ce que je venais de quitter, tenait dans l'envie suprême d'un café serré que je bus en un seul geste. Une simple gorgée que je teins dans ma bouche quelques secondes comme si elle était la première de ma vie. L'amertume persistante de son arôme était telle que je n'eus pas besoin d'en commander un deuxième.

L'endroit paraissait désert. J'étais le seul client du bar comme je serais le seul client à me présenter à l'hôtel. « Ouvert de mars à novembre » était indiqué sur la porte. Nous étions le 15 mars. La fermeture annuelle courait du jour des morts à la semaine de la passion. Pâques était dans une semaine. Les Chrétiens fêteraient la résurrection du Christ. Moment idéal pour commencer une autre vie que la mienne.

L'allure Art Déco façon bord de mer de la façade, à l'humilité rassurante, transportait dans un autre temps, une autre dimension, rien qu'en la regardant. L'établissement ne comportait que deux étages à l'image des autres maisons qui longeaient la rue baptisée boulevard de la houle. Qu'un village puisse posséder des rues appelées *boulevard* ou *avenue* m'apparaissait toujours un peu étrange.

Installé derrière le pupitre qui lui servait de réception, le directeur de l'hôtel ressemblait à une mouette posée sur son rocher. Il ne

cessait de lever et baisser la tête d'un coup sec comme le font les oiseaux lorsqu'ils doivent évaluer ce qui se trouve devant eux. Même le gris argenté et le volume de ses cheveux rappelaient l'aspect de ce volatile. Coiffés très courts ils faisaient ressortir le bleu de ses yeux dominé par une teinte autant perçante qu'impénétrable. Sa stature m'impressionna davantage que les radars croisés sur ma route. Heureusement il ne posa aucune question sur la raison de mon séjour. Il se contenta de noter sur son carnet la durée d'une semaine prévue pour le moment. D'un regard franc et appuyé, il me rassura sur la possibilité de prolonger si cela était « nécessaire ».
Le vocabulaire utilisé par certains hôteliers avait, parfois, le pouvoir de s'adapter autant aux clients qu'à l'établissement.
La chambre, composée d'un petit salon et d'un coin nuit, était bien plus grande que ce petit hôtel pouvait le suggérer. La simplicité de la décoration me convenait. Une large terrasse offrait une belle vue dominante sur le village et au loin, la mer s'étendait sans retenue. Savoir que je pourrais profiter de l'horizon sans avoir besoin de sortir de la pièce finit par me convaincre que j'avais fait le bon choix. Il suffirait de m'assoir et de regarder au loin pour que ma fuite se prolonge encore sans que je sois obligé de bouger.
Je me jetai sur le lit sans me déshabiller et m'endormis d'un coup assommé par la fatigue de la route et l'absolue nécessité d'oublier, au moins pendant quelques heures, les raisons qui m'avaient conduit à m'enfuir.
Mon sommeil se prolongea bien au-delà de ce que j'avais imaginé. Une douleur dans la poitrine me réveilla vers dix-huit heures. Il ne faisait pas encore nuit. Je transpirais d'angoisses. Je me demandai ce qu'on ferait de moi si on me retrouvait inerte dans ce lit? Que ferait-on du corps de Jean Morel puisque c'était ce nom que j'avais indiqué au directeur de l'hôtel.

Je ne connaissais aucun Jean Morel et ce nom m'était inconnu. Il avait surgi d'une autre vie comme si en un instant quelqu'un d'autre que moi m'avait baptisé d'un nouveau patronyme, d'une nouvelle famille, d'une nouvelle patrie. Jean Morel, né un 15 mars à Saint-Briac sur mer, de père et de mère inconnus.

Faire circuler le nouveau sang qui coulait dans mes veines. Je pris une douche brûlante puis glacée et avec dégoût remis mes vêtements de la veille. Dans la précipitation de ma fuite, je n'avais rien emporté. Cela serait ma principale préoccupation du lendemain. Jeter tout ce que j'avais sur moi lorsque je suis parti. Ne rien conserver, ni caleçon, ni chaussettes, et vider tout le contenu de mes poches.
Me dépouiller de toutes mes affaires. Je voulais devenir un autre homme que moi-même. Un individu sans attache, ne possédant que ce qu'il porterait sur lui. Aucun bagage pour venir l'encombrer. Aucun poids à porter. Aucun autre vêtement en prévision d'un changement de temps. S'adapter le moment venu sans avoir besoin d'y réfléchir au préalable. Absence totale de nécessité d'anticipation. Demain n'était ni à craindre ni à prévoir.
Ne plus avoir de but à atteindre était ce qui faisait de moi un homme calme malgré ma fuite. Qui pourrait partir à ma recherche ? Qui pourrait avoir envie de me retrouver? Personne.
Avant de me séparer de mon téléphone portable en attendant d'en acheter, peut-être, un autre, je fis quelques transferts bancaires indispensables au confort de ma nouvelle situation. J'avais suffisamment d'espèces sur moi pour voir venir tranquillement les jours prochains.
Dix-huit heures. Que faisait-on ici à cette heure-ci ? Surement ce qu'on faisait partout en France et ailleurs, boire un verre.

Cet ancien village de pêcheurs regorgeait de symboles en tous genres en adéquation parfaite avec le fugitif que j'étais devenu. Le bar où je m'installai s'appelait «Le Brise-lames».
La décoration intérieure mélangeait plusieurs styles comme si les objets qui la composaient avaient été laissés par d'anciens clients. Rien ne faisait écho à la mer. Au contraire tout ce qui s'y trouvait semblait avoir été oublié par des gens vivant loin d'ici. L'ensemble était discordant comme si personne ne s'était préoccupé d'agencer cela autrement. Une seule chose l'unissait pourtant.
Au mur se trouvaient sept tableaux. Sept petites reproductions en papier des œuvres d'Edward Hopper. Je fus surpris de les découvrir ici. Je ne m'attendais pas à trouver une représentation métaphysique et mélancolique de la solitude peinte par un artiste américain, accrochée au mur du bar d'un village breton.

Le premier tableau illustrait une longue rue déserte au nom inconnu. Aucun magasin n'est ouvert. Personne ne se promène. Même la lumière semble avoir oublié de s'y rendre. Impossible de comprendre quel moment de la journée la peinture souhaite représenter. L'ensemble est plat comme si rien n'était jamais venu l'animer, l'habiter.

A sa droite, suspendus l'un en dessous de l'autre, trois portraits de femmes seules. Très différentes dans leur tenue et expression. En âge aussi. Deux d'entre elles sont peintes dans une chambre, assises sur un lit. La dernière, debout et nue, au milieu de la pièce. Trois femmes aux désirs et intentions insondables.
Le suivant représentait un couple indifférent l'un à l'autre. Le décor fait penser à un salon. Celui de leur maison certainement. L'homme lit, la femme s'ennuie à son piano. Ils semblent n'avoir rien plus à se dire. Attitudes empreintes d'un quotidien devenu insignifiant au regard de chacun.

De l'autre côté du mur, un tableau plus grand, sur lequel un groupe de cinq personnes, assis sur des chaises longues en tenue de ville, regardent la mer. Ou est-ce plutôt un champ de blé étendu devant eux. Au loin de sombres monts vallonnés ressemblent à de hautes vagues menaçantes. L'idée de terre et de mer se mélange. Tous regardent dans la même direction.
Le dernier tableau était très connu. Je le connaissais bien car j'en possédais une copie accrochée sur un des murs de mon bureau. Je me souvenais de son titre français :
Les oiseaux de nuit.
Trois personnages sont assis au comptoir d'un bar à l'allure d'un aquarium enfermé sur lui- même. On ne distingue aucune porte. De l'extérieur, au premier plan, on peut voir un homme seul, assis de dos. Personnage le plus mystérieux du tableau. Impossible de capter ses intentions ? Que fait-il ? Qu'attend-il ? Est-il là pour le couple devant lequel il est assis ? Le regard converge vers un homme accompagné d'une femme vêtue d'une robe rouge. Qui sont-ils l'un pour l'autre ? L'homme seul représente-t-il une menace pour eux ? Le dernier personnage est un barman à la position discrète. Il porte une petite coiffe sur la tête. Quatre personnages aux postures figées. Le temps se serait-il arrêté pour chacun d'entre eux ?

Je me souvenais que la première fois, j'avais confondu la coiffe du barman avec un béret de matelot. Je m'étais demandé pourquoi un marin travaillait dans un bar. Je crois que c'est pour raison que j'en ai voulu une copie. Inconsciemment je voulais me rappeler à quel point je ne savais pas regarder.
Je ne connaissais rien en peinture. Regarder ces reproductions m'était étrange. Je me demandais si elles avaient un sens chronologique. Si elles avaient été installées là, l'une à côté de l'autre, pour ne former qu'un seul et même tableau.

La vue sur le plus connu me m'était mal à l'aise. Aujourd'hui je ne le regardais plus de la même façon. Comment avais-je pu ne m'intéresser qu'au béret du barman ?

J'ai toujours été impressionné par les personnes capables d'exprimer leur compréhension d'une œuvre d'art quelle qu'elle soit. Il me semblait être dépourvu de ce sens analytique. A chaque fois que je visitais un musée ou me rendais à une exposition, j'en sortais ébloui, ému ou déçu mais jamais avec le sentiment d'avoir compris ce que je venais de voir. Même les explications données sur les prospectus ou parsemées à l'entrée des salles d'exposition me laissaient perplexes. J'avais toujours l'impression de passer à côté de l'essentiel. A côté de ce que les autres voyaient. Sauf moi.

Pendant un temps j'avais même cru être daltonien ou quelque chose de ce genre. Je pensais souffrir d'une maladie oculaire qui m'empêchait de percevoir les couleurs correctement. De percevoir correctement tout ce qui se trouvait devant moi.
A bien y réfléchir aujourd'hui, ce diagnostic qui m'avait longtemps semblé idiot n'était pas si loin de la vérité. Et je me retrouvais là à observer ces petites reproductions essayant de leur trouver une signification qu'elles n'avaient surement pas.

Toutes ces images aux figures immobiles m'invitèrent heureusement au voyage. Car aussi incroyable que cela puisse paraître une collection impressionnante de rhums arrangés était alignée à l'arrière du comptoir. Ils avaient eu le temps de macérer tout l'hiver.
C'est sans doute à cela que servent les fermetures annuelles. Se séparer des touristes pour mieux les réconforter au printemps. Celui que je choisis était une pure merveille dans sa maturité. J'en bus cinq verres à une vitesse qui ne surprit en aucune façon celui qui me les servit comme s'il en avait vu d'autres. Vu d'autres que

moi. D'autres échoués au comptoir de son bar n'ayant que l'alcool pour venir réchauffer leurs âmes et leurs corps endoloris par l'épreuve de leur propre naufrage.

Je bus trop. Trop et trop vite. J'avais dû me tenir aux murs de l'escalier de l'hôtel pour regagner ma chambre.

La première nuit de Jean Morel fut cotonneuse, le rhum sa layette.

Deuxième jour

Les premiers pas de Jean

Sous un soleil intense comme seul le bord de mer sait l'inventer, je découvris enfin la teinte émeraude qui donnait le nom à cette région. La mer était aussi claire que celle qu'on trouve de l'autre côté de la méditerranée.
Cette mer donnait soif non par son sel mais par son relief lumineux. Son écume légère et son gouffre transparent lui donnait l'allure d'une bière fraîche. L'énergie qui l'agitait de part et d'autre de son étendue donnait soif et faim. Elle ouvrait l'appétit comme si le plus gourmand des repas allait être servi.
Il était déjà midi et j'avais « grand goût » comme on disait en créole pour désigner la faim. Jean Morel avait « grand goût » de tout. De la mer, de ses algues, de son sable, de ses coquillages. La lumière baignait les rochers de la côte comme une sauce versée sur les crêtes d'un plat de légendes. Légendes nées d'un mélange de réel et d'idées bizarres, d'une modeste et délicieuse cuisine paysanne ou hauturière aux ingrédients de terre et de mer.
La nature qui s'offrait à moi était vivante. Je ressentis comme un appel. Le pouvoir physique de l'étendue infinie de l'eau agissait sur moi avec une force que je n'avais jamais connue à ce jour.

Le spectacle, du loin de ma terrasse, me remplissait d'émotions. Il ne s'agissait pas de joie et encore moins de bonheur. Je découvrais ce paysage comme si je rencontrais, enfin, la terre ferme après une longue traversée en mer. Une longue traversée où je subis la plus cruelle des avaries.

Le coup porté à cet homme avait été aussi soudain que le mat d'un bateau se brisant en mille morceaux. Un coup de vent m'avait balancé par-dessus bord. Je ne pouvais plus avancer dans cette vie-là. Il m'en fallait une autre. J'en étais là. J'en étais à ce moment- là de ma nouvelle vie et j'avais faim.

Le bar *Le Brise-lames* était fermé. Aucun horaire n'était indiqué. Peut-être n'ouvrait-il qu'en fin d'après- midi.
Il me fallait partir à la découverte du village ou plutôt de son bourg. Le centre de Saint-Briac n'était pas loin.
Le long du chemin je ne découvris que des maisons aux volets clos. Elles attendaient sagement que quelqu'un vienne les ouvrir pour les aérer enfin. Permettre au vent de traverser les pièces aux murs humides. Sécher l'hiver. Par tous les moyens faire disparaître cette odeur âcre, vésicante pour les narines, qui donne des hauts le cœur dès qu'on pousse les portes de ces vieilles endormies.
Le village était complétement désert. Le vide emplissait chacune de ses ruelles. Pour quelqu'un qui le découvrait pour la première fois, rien ne permettait d'imaginer qu'il pouvait en être autrement l'été. Que ce bourg pouvait se transformer en station balnéaire identique à toutes celles qui bordent les coins les plus prisés. En cette fin de saison froide un lourd silence résonnait encore à chacun de mes pas. Pas l'ombre d'une âme errante à l'exception de la mienne. Sans doute, parmi ceux qui avaient vécus ici autrefois, s'étaient trouvés des marins courageux qui avaient su aussi bien braver leurs solitudes que leurs conquêtes.
Je me sentais bien au milieu de ces pierres. Les plus claires étaient blondes comme la paille. La simplicité des lieux me conquirent définitivement. Pouvoir faire le tour du bourg en quelques minutes seulement était réconfortant à mes yeux. Jean Morel

n'en était qu'à ses premiers pas, il était important de ne pas l'oublier.

Au bout d'une grande rue se trouvait le centre de Saint-Briac semblable à tous les villages de France. Quelques commerces, aux rideaux de fer baissés, s'articulaient autour de trois axes, la boulangerie, le bar tabac et le bureau de poste. Ce dernier était impressionnant par sa taille. Disproportionné par rapport à la petitesse du village. Il trônait sur la place comme s'il en était le point cardinal le plus important. Un point d'horizon à partir duquel chacun pouvait s'orienter sans se tromper.

Un vent léger soufflait dans mon dos. Je sentais qu'il me poussait vers un chemin différent que celui que je pensais prendre. Au bout d'une petite route, un panneau annonçait «Le chemin de la Mare-Hue ». Y pénétrer résonna en moi comme un appel.
Et pourtant je n'avais jamais aimé ça. Les balades en pleine nature m'avaient toujours angoissé. Et plus encore marcher. Pour aller où ? Ne pas contrarier la première promenade de Jean Morel. Me laisser guider. Il me semblait pousser un vélo. Jean Morel était un vélo à côté duquel je marchais. Cela me rassurait de penser qu'il connaissait mieux la région que moi et qu'il saurait me conduire en des coins tenus encore secrets.

La zone boisée était composé de pins et de cèdres. Les arbres étaient d'une stupéfiante beauté. Leurs cimes ornaient le ciel devenu dentelle. Une douce lumière transperçait le vert pour se répandre sur moi argentée. J'errais sans but au cœur d'un paysage fascinant, sauvage et solennel à la fois, tous mes sens en éveil.
Odeurs conifères, couleurs végétales, bruissement du vent dans les feuilles, craquements des petites branches sous mes pas apportaient du souffle à mon souffle.

J'inspirais, Jean Morel expirait. Deux cœurs battaient à l'unisson. Ou plutôt un seul transplanté en ma poitrine. Animé par une vitalité inconnue de moi, je marchais ainsi deux longues heures à travers le bois, le cœur ouvert à toutes les sensations nouvelles nourries par le mythe des légendes anciennes.

J'avançais le dos courbé, près à lécher le sol pour effacer derrière moi, toutes les traces laissées par mes pas. Je voulais disparaître et naitre à la fois. Chaque nouvelle enjambée, comme un compas, façonnait le nouveau dessin de ma silhouette. Plus je m'enfonçais à travers les arbres plus mon corps se liquéfiait. La terre dévorait mes restes. Enfin dépossédé de tout ce qui me définissait je m'étendis dans l'herbe.
Couché sur le dos j'écoutais les oiseaux. J'aimais les entendre sans les voir. Ils étaient les seuls témoins de ma présence. Leurs chants envahissaient mon esprit asséché de toutes pensées. Je les imaginais contempler, depuis le ciel, les pins maritimes, les ajoncs d'or, les coquillages de l'océan et mon pauvre corps étendu au sol. Je restai ainsi de longues minutes, les bras en croix, aussi calme que la mer émeraude aperçue un peu plus tôt du loin de ma terrasse. Il me semblait être le premier homme que cette terre ait porté. Que je venais de sortir de la glaise. Mon corps allongé en était le premier sillon, la première cicatrice, la première saignée.

Avant même que je le sente monter en moi, un long cri d'homme blessé jaillit du plus profond de ma gorge. Mes poumons s'ouvraient au ciel alors que mes doigts s'enfonçaient dans le sol. Sous l'impulsion violente de mon hurlement, mon corps entier se souleva. Et lorsque mon torse fut enfin vide de tout son air, mon cri se transforma en plainte. Une longue plainte venue du plus profond de moi-même. Je me mis à pleurer. A pleurer comme un homme qui n'avait jamais eu encore l'occasion de goûter au sel de ses larmes. Je lapais l'eau qui coulait sur mes joues assoiffé par ma longue marche. Je n'avais pas imaginé que Jean Morel me donnerait à boire la dernière goutte de mes regrets.

La femme en feu

Ce n'était pas le genre de fille qu'on remarquait de loin tant l'essentiel de sa personnalité ne tenait pas dans l'idée qu'on peut se faire de la beauté. La concernant, cette notion n'avait pas d'importance. Sa puissance s'exprimait autrement.
Un souffle brulant balaya la grande salle lorsqu'elle la traversa pour s'installer au comptoir. Sur le coup, personne ne comprit d'où cette chaleur venait. Certains des clients interpellèrent du regard le serveur persuadés d'obtenir une réponse de sa part. Cependant, même lui, sur l'instant, se demanda ce qui venait de modifier subitement la température intérieure de son établissement avant de comprendre que la seule responsable était la femme qui se tenait devant lui. Il émanait d'elle un feu profond de détresse palpable même pour ceux qui ne comprenaient rien aux femmes.

Elle arriva telle une lionne de mer au pelage d'algues brunes. Elle portait un long manteau à franges qui ne lui allait pas. Plus personne ne portait ce genre de choses de nos jours. Son allure n'était que paradoxe. Je n'arrivais pas à lui donner un âge. Elle me faisait penser à une petite fille dans un corps de femme. Son attitude était maladroite malgré la puissance qu'elle dégageait. Posée sur ce corps animal, une tête de femme dont le regard possédait autant de grâce que de folie. Cette femme était de feu. Une flamme qui n'avait besoin d'aucune mèche pour tout brûler sur son passage.

De là où je me trouvais je pouvais sentir l'air chaud glisser sous les tables et venir jusqu'à moi. En quelques minutes, elle m'éleva au plus haut de mes tourments.
A chaque fois qu'elle tournait la tête, je partais à sa rencontre. A aucun moment elle tenta d'esquiver mon regard. Elle l'affrontait certaine de garder le dessus. Jamais je n'avais croisé des yeux comme les siens.
Ils étaient faits de bois. Toutes les nuances de brun s'y mélangeaient. Malgré le manque de lumière naturelle à l'intérieur du bar, je pouvais y voir un dégradé de jaunes qui poussait jusqu'à l'orange. Aucun autre regard ne pouvait incarner à ce point l'idée d'étincelle.

La chaleur étrange qu'elle dégageait ne fut rien en comparaison de la confidence qu'elle lâcha au-dessus du comptoir telle une bombe au-dessus d'Hiroshima.
Veronica, car c'était son nom, était d'une spontanéité redoutable. Sans aucune retenue elle se confia au serveur comme si elle l'avait toujours connu. Elle ne lui cacha rien des circonstances qui l'avait conduite jusqu'ici comme si elle venait d'entrer dans le premier commissariat venu.

Elle avait commis l'irréparable avait-elle dit sans regret et sans en préciser les raisons. Elle s'était enfuie après avoir incendié la salle des fêtes de son village, le jour de son mariage. Inutile de fouiller dans les journaux espérant y dénicher une quelconque trace de ses méfaits. Personne dans son village ne lui en voulait. Personne ne partirait jamais à sa recherche.
Le serveur l'avait écoutée silencieusement comme un prêtre à confesse. Il ne fit aucun commentaire ni chercha à en savoir davantage. Imperturbable, il continua d'essuyer ses verres. Je n'entrevis qu'un soupçon d'embarras. Au moment où il lui servit

un deuxième verre, l'expression de son visage laissa transparaitre autant d'effarement que de compassion à l'égard de cette inconnue.
Affalé sur ma chaise dans un recoin du café, j'avais tout entendu. Rien ne m'avait échappé comme si j'en étais l'unique destinataire. Tel un animal flasque dépourvu d'instinct, je me laissais aller à la seule impression possible. Ma propre faute avait fait de moi un homme indulgent envers celles des autres. Les criminels se jugent rarement entre eux. Autre chose me tourmentait.

Veronica n'avait rien caché de sa nature profonde, de sa folie sincère. Elle était Alatheia, déesse de la vérité et de la sincérité. Etais-je Dolos, Dieu de la tromperie?
J'étais coincé dans un mensonge, une autre identité que la mienne. Comment me présenter à elle ou aux autres puisque j'avais pris un autre nom que le mien.
Je ne cherchais pas à faire une rencontre, seule la proximité des autres me manquait. Je ne savais rien de la solitude. Je n'avais jamais été seul de ma vie. La chaleur de sa présence me rappela que j'avais un besoin ordinaire des autres. De sentir quelqu'un près de moi sans avoir à nouer de relation au-delà de l'échange de quelques phrases.
A qui confier les troubles qui m'avaient envahi depuis que j'étais parti ? A quelqu'un d'aussi perdu que moi ?
Veronica ne me plaisait pas. Il ne s'agissait pas de cela.
J'eus besoin d'elle dès qu'elle m'apparut.

A ma grande surprise elle s'installa également à l'hôtel de la Houle. Dans une chambre à côté de la mienne. Le gérant de l'hôtel me l'annonça au moment il me tendit ma clef. Je vis le bon côté des choses. Les nuits étaient froides. Je n'aurais pas besoin d'allumer le chauffage.

Il ne faut pas croire ceux qui disent que l'amour porte bonheur. On est seul à pouvoir assurer son salut.

L'art discret de Samuel

On sous-estime un peu trop souvent l'inconvénient de vivre et travailler en bord de mer depuis le jour de sa naissance. L'été, Saint-Briac accueillait plus de touristes que Samuel ne pouvait en écouter. Travailler au Brise-lames n'était un plaisir qu'en début et fin de saison, juillet et aout, un long chemin de croix.

Samuel avait passé chaque été de sa vie à préparer l'hiver. A prévoir les jours courts et sombres à venir. Même durant le jour de juin le plus long de l'année il ne pouvait s'empêcher de lister ses bonnes résolutions de septembre. Il ne souvenait pas d'un seul été où il avait su profiter de ses atouts. Se détendre au soleil, nager le plus loin possible, faire le plus beau plongeon. Ces activités apparaissaient aussi futiles que serrer des boulons dans une usine. Samuel, l'été, se sentait coincé. A vingt-huit ans il rêvait d'autre chose, il se sentait enfin prêt à quitter son village.
Pourtant, et c'était bien là, le paradoxe qui l'agitait parfois, il aimait son métier. Manipuler percolateurs, pompes à bières et shakers n'était pas ce qu'il préférait. Cela faisait partie d'une routine qu'il accomplissait sans même y penser. La seule qualité qu'il croyait posséder était l'art de recueillir les confessions, vœux ou silences de ceux qu'il ne connaissait pas. Mieux qu'un prêtre, un psychanalyste ou une coiffeuse, il maitrisait l'art de la confidence comme personne.
Cela n'était pas dû à ses qualités d'écoute exceptionnelles ni à son sens de la discrétion rare pour un jeune homme de son âge, il possédait un atout considérable, l'alcool. Car l'alcool, on le sait, souvent change tout. Même à l'époque, où trop jeune il ne

travaillait pas encore, il avait déjà entendu les pires histoires comme les meilleures.

Qu'elles aient été agressives, désespérées, drôles, improbables, répétitives ou interminables, il avait toujours pris soin de ne faire aucun commentaire se contentant de resservir un verre ou pas selon le taux d'alcoolémie de ses clients. Le plus délicat à gérer était les confidences du matin. Celles qui, après avoir mûri toute la nuit, se déversaient sur lui comme un seau rempli d'eau sale. Il pouvait, alors, perdre son calme légendaire, poser brutalement un verre sur le comptoir ou sur une table, claquer les portes des placards, et ainsi, en intimidant le client, lui permettre de se taire avant que celui-ci regrette d'en avoir trop dit.

Car Samuel suivait un code déontologique défini par lui-même: ne jamais éprouver le moindre sentiment, rester neutre le plus longtemps possible, en clair ne jamais juger ou contrarier un client quoi qu'il dise.

Cependant et malgré sa longue expérience, certaines confidences, les plus cruelles ou les plus menaçantes, le mettaient mal à l'aise. Fidèle à son mutisme, il ne lui restait plus qu'à se mordre les lèvres. Si fortement, parfois, que le sang finissait par couler. D'un seul coup de dent il réussissait à fendre la peau délicate de sa bouche qu'aucune eau salée n'avait pu abîmer jusqu'ici. Tous pensaient que ses lèvres gercées étaient dues aux bains de mers répétés. Il n'en était rien. Sous son allure de nageur athlétique aux cheveux blonds décolorés par le vent, Samuel cachait une phobie. Celle de l'eau de mer. Définitivement terrestre il se contentait de nager dans les eaux troubles de la confidence retranché derrière la digue de son comptoir. Et le trouble ne manquait pas en ce début de saison.

Le plus dense était, sans aucun doute, celui provoqué par la femme en feu qui s'était confiée à lui, à peine installée sur un de ses hauts tabourets en bois.

Tenu par la même discrétion due à n'importe quelle autre cliente il l'avait écoutée sans rien dire mais n'avait pu s'empêcher d'éprouver pour elle une sincère empathie. Avoir eu envie de se marier devait être la conséquence d'un désespoir profond.
Selon Samuel, on ne se mariait que lorsqu'on ne pouvait pas faire autrement. Parce qu'on était désespéré, qu'on pensait que personne d'autre ne voudrait de nous ou par panique, pour ne pas perdre celui ou celle qu'on ne supporterait pas de perdre ou pour empêcher quelqu'un de nous les voler.
Selon lui, dans le mariage et tout autre domaine conventionnel, la part de névrose était bien plus grande qu'il n'y paraissait. Il avait été tout à fait normal que cette femme mette le feu le jour de son mariage. Cela lui semblait être un bel instinct de survie.
La nouvelle saison s'annonçait riche en nouveautés. Samuel espérait que, pour la première fois de sa vie, il aimerait autant les belles surprises de mars que les sages résolutions de septembre.

Le noir et blanc d'une photo

Au milieu de cette seconde nuit, une musique me tira de mon sommeil. Je n'arrivais pas à comprendre d'où elle venait. Dans un premier temps, je crus qu'elle venait de dehors ou d'une chambre, avant de comprendre qu'elle n'était que le prolongement d'un rêve composé de quelques images floues qui s'échappaient encore de mon esprit. Curieux voyage nocturne qu'un rêve inachevé.

Je m'étais réveillé en sursaut sur un air d'opéra tragique, dont j'avais oublié le nom mais pas celui de son auteur, Giacomo Puccini. Je me souvins d'une de ses phrases :

Ma solitude est vaste comme la mer, plate comme la surface d'un lac, noire comme la nuit et verte comme la bile.

Je me sentais nauséeux. J'avais trop bu et pas assez mangé. Un mal de tête s'annonçait. Il viendrait envahir mon crâne de sa pression redoutable impossible à calmer sans un cachet d'aspirine. J'anticipais la douleur avant même qu'elle me gagne certain que je ne trouverai pas le moyen de la combattre. L'angoisse rongeait déjà mon souffle lorsque j'aperçus, à la lueur de la lampe de chevet que je venais d'allumer, une image accrochée au mur de ma chambre.

Le voyage nocturne se prolongeait par la vue de cette photo tirée en noir et blanc que je n'avais pas encore remarquée.

Trois petites filles font face à un grand feu allumé non loin d'elles. Assises en rond l'une près de l'autre, on ne devine pas leurs visages qu'elles gardent tournés vers les flammes. Le grand feu derrière elle se dresse comme un rempart. Il ne s'agit pas d'un feu de camp classique autour duquel on aime se regrouper. Les flammes sont trop hautes. Elles doivent bruler autre chose que du bois. Un petit incendie de campagne. On ne comprend pas ce qui peut maintenir les trois enfants si calmes. Aucune ne cherche à s'enfuir. Même celle qui se mord les doigts.

Je me levai pour m'approcher du cadre. Le titre était barré d'un trait de crayon, seul le nom de l'artiste restait lisible : *Sally Mann.*

Par petite gorgée je bus tout le contenu d'une grande bouteille d'eau en contemplant la photo. L'image m'intriguait sans que je puisse en percer les secrets, symboles ou autres métaphores. Il n'y avait pas que les peintures que je ne savais pas regarder.

Ces petites filles étaient-elles des magiciennes, des anges ou des diables ? Ou de simples innocentes en train de pique-niquer car l'une d'elle, la plus brune, tient un gobelet en plastique à la main. Le titre aurait pu m'apporter une explication si seulement j'avais pu le lire.

Comme les images de mon rêve, la photo disparut de mon esprit alors que j'essayais encore de la comprendre. Ces quelques minutes d'observation calmèrent mes angoisses. Dans le plus grand soulagement je me rendormis sans maux de tête.

Troisième jour

Le regard de cyclope de Salvatore

Pourquoi insister sur l'enfance, elle est si courte. La maturité et la vieillesse durent tellement plus longtemps. Le récit le plus important d'une vie ne devrait se raconter qu'à partir d'un certain d'âge. Celui de Salvatore commença un mois et douze jours après son soixante-septième anniversaire.

Tous ceux qui le connaissaient depuis longtemps étaient d'accord sur un point, Salvatore ne faisait pas son âge.
Il était resté un homme alerte, aussi agile sur ses jambes qu'il l'était autrefois. Il en était d'ailleurs très fier. Dès que le temps le permettait, il adorait porter un short élégamment coupé juste au-dessus du genou, qui mettait en valeur le dessin de ses mollets dont la perfection faisait l'admiration de tous. Aucune varice, aucune cicatrice, aucune empreinte du temps ne venaient gâcher le spectacle de ses jambes admirables.
Natif de Ragusa, somptueux village baroque du sud de la Sicile, il y tenait un restaurant de spécialités locales qui comblaient de plaisir tous ceux qui s'y aventuraient par habitude ou par hasard.
Infatigable, Salvatore avait passé l'essentiel de sa vie, debout, au milieu des tables et des chaises de son établissement. Son corps n'en avait gardé que le meilleur. Pas un seul jour de sa vie il ne négligea sa tenue. Il sentait toujours, dès le matin, l'eau de toilette et le tabac. Parfois la liqueur un peu plus tard le soir. Il offrait l'image d'un homme fringant et souriant, d'une étourderie espiègle qui rendait son attitude plus juvénile encore.

Le seul signe de fatigue, qui surprenait toujours lorsqu'on le rencontrait pour la première fois, se lisait sur son visage. Plus précisément au niveau de son œil droit. Au fils des années la paupière droite s'était affaissée si lourdement qu'elle avait fini par lui donner un air curieux. Le visage de Salvatore semblait s'interroger en permanence. Cette dysmétrie du regard le caractérisait sans le complexer pour autant et serait à l'origine de l'évènement qui viendrait bouleverser sa vie.

Soucieux de contribuer au bonheur conjugal de sa femme, Loretta, il prit enfin la décision qu'elle attendait depuis longtemps. Pour la première fois depuis leur mariage, vieux de presque quarante ans, ils quittèrent leur village, pour un long périple de plusieurs semaines à travers la France. Salués par le chant des oiseaux, ils avaient remonté en voiture toute la péninsule italienne, traversé les Alpes, dégusté des vins en Bourgogne, visité les châteaux de la Loire, photographié la beauté de Paris, parcouru du sud au nord toute la Bretagne, pour terminer par hasard sur l'île de Bréhat. L'île de granite rose aux noirs destins selon une légende ignorée de tous ceux qui s'y rendaient chaque année. Séjourner sur l'île serait la consécration de leur voyage.
Ce jour-là, épuisé par un mois de passionnantes découvertes touristiques, il laissa Loretta explorer, seule, les alentours du phare de Paon posé sur des rochers déchiquetés par le temps.
Installé devant une bière qu'on venait de lui servir à la terrasse d'un petit bar, Salvatore fumait. Son île lui manquait et il se demandait si, finalement, préparer sa retraite était une bonne idée. Cette vague soudaine de temps libre et de loisirs commençait un peu à l'angoisser. Il se rendait compte que ces moments seraient forcément associés aux envies de sa femme. Il était habitué à ne partager avec elle que le jour de la fermeture hebdomadaire de son restaurant, le dimanche. Passer d'un seul

jour par semaine à tous ceux du reste de son existence l'inquiétait quelque peu. De nature prudente il essaya de mesurer les points négatifs et positifs de sa nouvelle situation et arriva à la conclusion que chaque changement de vie était forcément soumis aux doutes à un moment ou un autre de sa réalisation.
Comme d'habitude, réfléchir à cette épineuse question augmenta la dysmétrie de son regard. L'œil gauche largement ouvert contrastait fortement avec le droit qui finit par ne plus former qu'une ligne si mince que la clarté de sa vision en fut modifiée. De la petite fente ouverte à l'horizon, Salvatore aperçut, alors, l'ombre d'une femme.

Une longue robe gonflée au vent à l'allure d'une voile naviguant au large. Les longues mèches de ses cheveux balayaient le ciel comme auraient pu le faire les tentacules d'une pieuvre au cœur de la grande bleue. Cette ombre chinoise lui semblait empreinte d'un mysticisme organique, une apparition minéralisée qui achevait son cycle sous ses yeux. Sous son regard de cyclope. Il en fut bouleversé.
Une bouffée de chaleur envahit tout le haut de son corps qui se couvrit, d'un coup, de sueur. Il se redressa sur sa chaise de crainte de s'affaisser tout à fait. Par instinct de survie, il saisit sa bière qu'il but d'une traite. Se réhydrater était toujours la première chose à faire en cas de malaise. Lorsque sa respiration reprit un rythme normal, Salvatore releva la tête en essayant d'ouvrir grand ses deux yeux de la même façon. L'ombre s'était transformée en une femme dont le visage lui sembla immédiatement familier. Il ne pouvait pas se tromper. Se tenait devant lui le souvenir d'un été lointain. Clélia.

Il se souvenait d'elle comme si c'était hier. Elle avait été la dernière fois de sa vie. La dernière femme avant son mariage. La dernière femme de sa jeunesse. La dernière avant les sacrements de l'église, la dernière avant les formules consacrées du maire, la dernière avant les félicitations de ses amis et de sa famille. La dernière avant la longue ligne droite d'une vie sans surprise. La dernière femme des dernières aventures, du temps où il n'avait de compte à ne rendre à personne. La dernière femme qui l'avait regardé comme celui qu'il était encore, un homme libre.

Il avait souvent pensé à elle. A ses yeux mélancoliques, à sa voix grave et posée, à ses doigts aux ongles d'un blanc qu'il n'avait jamais retrouvé, à son rire, à son corps léger qu'il n'avait jamais cessé d'espérer voir réapparaître dès qu'il croisait une femme qui lui ressemblait un tant soit peu.
Devant lui, éblouissante de plénitude, Clélia souriait aux souvenirs de l'été 1982.
Il existe un point commun entre la Bretagne et la Sicile. Il n'est pas nécessaire de parcourir plus de vingt-cinq kilomètres pour trouver une église. Epris de doutes, c'est à leurs découvertes que Salvatore consacra la fin de son séjour et les jours suivants son retour en Sicile.
Après une heure intense passée dans le regard de Clélia, il lui promit de revenir quelques mois plus tard enfin prêt pour une nouvelle une aventure. Le rendez-vous fut fixé à Saint-Briac-sur-mer.

Un mélange d'exaltation éclatante et de remords accablants animaient depuis son quotidien. Dès que la culpabilité le submergeait il se ruait dans une église pour se mettre à prier. Il demandait au Seigneur de l'aider à quitter sa femme et son restaurant.

Dieu pouvait-il soutenir la fuite ? La sienne ou celles des autres. C'est à cette épineuse question qu'il consacra le plus clair de son temps sans trouver pour autant de réponses.

Il finit par se convaincre que oui puisqu'il ne souvenait pas d'avoir vu figurer parmi la liste des dix commandements :
Tu ne fuiras point.

Il pria de nombreux jours afin que son Dieu et tous les autres Dieux lui pardonnent sa lâcheté et reconnaissent sa bonté car il céda à Loretta l'ensemble de ce qu'il possédait. Leur maison, leur restaurant et leurs souvenirs. Dans une lettre il rassura sa femme en lui disant qu'il n'emportait avec lui que les meilleurs moments et espérait, du plus profond de son cœur, qu'elle puisse en faire autant.
Selon lui, le plus important dans la vie était d'avoir une bonne santé et une mauvaise mémoire.
C'est ainsi que Salvatore débarqua à l'hôtel de la houle, deux jours avant le rendez-vous de sa jeunesse.

Le temps des marées

Saint-Briac possédait un des plus beaux plans d'eau de la côte Emeraude. A l'abri des vents dominants, son petit port formait un demi- cercle. A l'image d'un creux d'une main on imaginait facilement la douceur et le réconfort que trouvaient ceux qui venaient y loger. Plusieurs centaines de mouillages répartis sur plusieurs sites permettaient aux bateaux d'y demeurer à l'année ou de s'y s'aventurer en simple visiteur. Je me sentais l'un d'entre eux. Un simple visiteur amarré à bon port.

La mauvaise nuit que je venais de passer n'influença en rien l'énergie du touriste dont j'avais envie de revêtir le rôle. D'un air faussement décontracté, je décidai de me rendre à l'office du tourisme empreint d'un désir de découvertes désormais acquis à ma nouvelle identité.
La première obligation, si je souhaitais profiter des environs, était de me renseigner sur les horaires de marées. Impossible d'imaginer pouvoir profiter des plages ou des promenades au hasard des chemins sans cette cruciale information.
La côte pourvue d'un long chemin longeant le littoral permettait de rejoindre plusieurs sites. Je me réservais le chemin des moulins et celui des peintres pour plus tard. Je pourrais, un autre jour, m'enivrer de la beauté de la lande.

En contrebas de la pointe de la Haye se trouvait la plus méconnue des nombreuses plages du village à l'atout incroyable pour l'échoué que j'étais. Il était possible, à marée basse, de se rendre à pieds sur la petite île qui lui faisait face. Je m'imaginais déjà traverser la mer tel Moise écartant des bras les deux pans de la mer Rouge.

Il me tardait de partir à la découverte de l'île du Perron. La mer était encore haute. Il me faudrait patienter jusqu'à 15 heures pour pouvoir enfin fendre les eaux.

Le spectacle qui s'ouvrait devant moi valait bien l'ennui de ma journée. La plage ressemblait à une crique ouverte sur une île calme et sauvage. Encouragé par le cri aigu des mouettes je m'élançai sur le banc de sable. Tout autour de moi la mer impassible encourageait mes pas. Jean Morel, béni des Dieux salins, s'avançait enhardi et serein.

J'avais calculé qu'il me faudrait un peu plus d'une heure pour faire le tour de l'île. Le temps d'en explorer tous les recoins. Le temps d'une étale de marée. Ce temps qui suspend le mouvement de la mer ou plutôt qui lui donne l'impression de faire du surplace avant de se décider à descendre ou à remonter. Je n'avais jamais connu la mer de cette façon. Soumis à l'obligation de mesurer l'importance de son flux et reflux. Un mouvement originel qui appartient à la terre au même titre que ses volcans. Une puissance naturelle capable d'isoler deux fois par jour, au rythme de ses marées, tous les mécréants désireux de se faire oublier des autres, tels que moi.

Le désarroi et la honte qui m'accompagnaient depuis mon départ avaient fait place à un mélange de sentiments aussi complexes que pesants.

A certaines heures de la journée, l'accablement défigurait mon calme, à d'autres, l'ignorance des répercussions de mes actes, celui de mon esprit.

J'étais un planqué et je prenais plaisir à l'être. Un plaisir lâche dans lequel j'avais envie de m'enfoncer. Comme je le faisais en pénétrant sur cette île. La mer me semblait douce, le vent inoffensif. Aucune feuille d'aucun arbre ne bougeait. Je n'avais pas imaginé la côte bretonne si calme et accueillante. Si tranquille. C'est alors que me vint une idée incongrue. Pousser encore plus loin ma fuite en m'isolant davantage de tous ceux qui pouvaient encore penser à moi. Laisser la marée recouvrir le banc de sable, ne pas regagner la côte, passer la nuit sur l'île de Perron s'imposa à moi en un instant. Je ne craignais ni les heures ni le froid. Je me couvrirais de branchages allongé sur un lit de feuilles et attendrais humblement l'arrivée du matin. Demeurer une nuit entière sur cette île me laverait des dernières pensées. Dans son élan la mer effacerait le banc de sable et le visage de tous ceux qui imaginaient pouvoir me revoir.

Il n'était pas encore vingt- deux heures que je regrettais déjà de ne pas être rentré quand il en était encore temps.
La mer était pleine depuis deux heures. Ce n'était pas le froid ni le noir qui m'avaient fait changé d'avis. Je n'aimais déjà plus être seul. J'avais envie de sentir l'étroitesse des ruelles, d'aller boire un verre au bar du Brise-lames, d'essuyer mes pieds sur le tapis d'entrée de l'hôtel, de regarder les murs de ma chambre. Mon nouveau monde me manquait.
Je regardais les lueurs des maisons comme un enfant ébloui par un feu d'artifices. Ces lumières petites et plates m'apparaissaient emplies de bonnes intentions. Je les voulais contre moi. Sentir leurs chaleurs artificielles éclairer ma raison.

Je n'étais plus qu'un instinct primaire entouré de buissons de criste marine qui me donnait soif. A pleines mains je saisis un amas de fenouil de sable dont les feuilles charnues laissèrent dans ma gorge la saveur anisée indispensable à mon réconfort.

Cette petite plante ressemblait aux patates dites bord de mer disparues du littoral des îles tropicales en faveur des cocotiers qui n'avaient aucun pouvoir sur l'érosion des sols. Les plages disparaissaient à vue d'œil. Les cocotiers finiront les racines dans l'eau sans plus aucun grain de sable pour venir les border. Les hommes ne peuvent rien contre la montée du niveau de la mer.
C'est alors que je me souvins qu'une marée ne durait qu'entre cinq et sept heures et qu'à cette heure-ci de la nuit je pouvais regagner la plage puisque la mer était de nouveau basse.

Sous la lueur de la pleine lune je m'enfuis de nouveau dans la nuit. Plusieurs fois de suite je trébuchai. Le chemin était parsemé de rochers assassins qui écorchaient mes mains à chaque fois que je tombais.
Dans ma course le souvenir de certains jours tendres et heureux s'échappèrent de mon esprit comme des cailloux de ma poche.
Le visage de ma mère, ses mains douces sur ma nuque, les jeux au parc, le dernier jour de l'école avant l'été. Et la dernière fois où je vis son sourire. L'enfance s'échappait des bois pour s'évanouir au-dessus de la mer.
Il ne me restait plus qu'à courir, courir et courir encore pour attraper au vol tout ce que la vie voudrait bien encore me lancer.

Le trajet du retour fut interminable. Le chemin le long de la côte si sinueux que je crus me perdre plusieurs fois. J'enrageais d'avoir cru pouvoir passer la nuit loin de ma chambre d'hôtel qui n'attendait que moi. Je sentais déjà ses murs réclamer ma présence. Alors que j'arrivai au bout de la rue déserte, je vis Le Brise-lames scintiller. Il devait être un peu plus de minuit. Le bar était toujours ouvert, le serveur absent de derrière son comptoir.

Attablée seule au milieu de la salle, Veronica lisait. La porte était entrebâillée comme si quelqu'un avait oublié de la fermer ou laissée ainsi pour réduire le niveau de la température intérieure.

Alors que je m'apprêtais à poursuivre mon chemin sans m'arrêter, Veronica leva la tête et fit un geste de la main m'invitant à venir la rejoindre.

Je la regardais, les bras immobile le long du corps, à l'ombre de la lumière du réverbère. Se tenir toujours là, le plus longtemps possible où on voit le mieux celui ou celle qui attend.

Cette femme inconnue ne me faisait pas peur. Ce n'était ni la crainte ni la fatigue qui me faisait marquer le pas. Je n'avais tout simplement pas envie de parler. Aller à sa rencontre soulèverait forcément des questions ou pire des réponses et je n'avais pas la force de me lancer dans le jeu de la conversation.

Pourtant et c'était bien là le paradoxe qui me tenait, je n'avais plus envie de regagner ma chambre et de regarder le plafond jusqu'à ce que je m'endorme.

C'est alors qu'elle leva de nouveau la main. Une petite main légère qu'elle agita en l'air comme un moulinet. Ses doigts s'ouvraient et se refermaient comme s'ils essayaient d'attraper quelque chose en vol. Ils virevoltaient comme pour me saisir et m'arracher au froid de l'obscurité. Je ne fus pas obligé de la rejoindre, j'en fus convaincu.

Ces longues heures passées sur l'île m'avaient frigorifié. Malgré ma course, je ne sentais plus mes pieds. Je tremblais de l'intérieur. M'assoir en face de Veronica eut l'effet escompté. Je ressentais le même plaisir qu'un chat calé contre un radiateur. J'aurais pu être parfaitement bien s'il n'y avait pas eu ses yeux fixés sur moi.

Elle se tenait droite, les deux coudes sur la table, les avant-bras posés l'un devant l'autre. Son attitude impériale contrastait avec la tenue lâche de mes épaules. En dépit de cette différence nous demeurions, chacun de la même façon, repliés dans le silence. On se regardait, non pas comme deux idiots, mais comme deux personnes qui savaient que prononcer le premier mot nous engagerait bien plus loin qu'une banale conversation aurait pu le faire.

Il est toujours important de prendre le temps de découvrir un visage avant d'entamer le moindre échange. Le silence renseigne bien plus que les mots lorsqu'on a le courage de se regarder bien en face.
Ses yeux se promenaient d'un point à l'autre de mon visage comme si elle en relevait les cotes. Longueur, largeur, épaisseur, rayon, tout était passé au crible. Elle semblait cartographier chaque nouvelle mesure.
Entraîner par le rythme de ce ballet sur ma figure, je me mis, moi aussi, à détailler tous ses traits.

D'abord la peau. Mate et lisse dépourvue de maquillage. Quelques perles de sueur tenaient en équilibre au-dessus de sa bouche mal dessinée comme si, un jour, en la frottant elle avait gommé la bordure de chacune de ses lèvres. Pourtant elles étaient pleines. Fines, pâles mais pleines. Son nez ne possédait aucune caractéristique en son arête. Le seul détail étrange était l'absence de narine. Aucun bombé ne venait achever le dessin de son museau. Ses narines étaient si courtes et minces que je me demandais comment elle faisait pour respirer. Elle devait posséder un organisme hors norme qui lui permettait de dégager une forte chaleur sans qu'elle ait besoin de s'oxygéner régulièrement. Cette pensée me fit sourire.

Je vis alors l'ovale de son visage se modifier. Deux petits creux au milieu de ses joues apparurent au moment où elle avala sa salive. Le paysage bougeait devant moi. Un cours d'eau ruisselait dans sa gorge. Ses yeux s'ouvraient. Ils étaient immenses. D'une couleur de feu bien plus impressionnante encore que celle que j'avais pu deviner la première fois. Car de là où je me tenais maintenant je pouvais en lire toutes les lueurs mobiles et scintillantes.

Ses yeux regardaient avec respect et précision sans rien perdre de ce qui se passait devant eux, comme ceux d'un expert qui n'a jamais besoin d'un second coup d'œil pour se faire un avis. Ses longs cils bordaient son regard sans réussir à cacher ce qui frappait le plus.

Deux cernes grises à la limite du noir dévalaient de ses yeux avec grâce. Comme si à défaut d'être plus discrètes, elles avaient voulu rester dignes.

Un regard d'une mélancolie si profonde que n'importe quel témoin en aurait été troublé.

Tout ceci finissait de parfaire l'étrangeté du visage de cette femme qui avait mis le feu, à la salle des fêtes de son village le jour de son mariage.

Pourquoi personne n'était à sa recherche ? Pourquoi lui avait-on déjà pardonné son geste?

Cette absolution était sans doute la raison de son attitude si calme. Je ne lisais aucune colère en elle.

Et elle, que voyait-elle? Devinait-elle les revers et offenses qui jalonnent l'existence de tout individu aussi vulnérable que moi ? Que pensait-elle de mes yeux étirés, couleurs bleus clairs liquides. De ces deux malheureuses petites fentes qui n'avaient rien d'humain.

Mes yeux de chat aveugle, enfoncés dans mon crâne, qui n'avaient jamais été capable de voir et comprendre ce qui se passaient devant eux.
De mon teint blafard, jauni par la bile de mon foi encore retourné. Ou est-ce plutôt mon cœur qui m'avait rendu vert? Que pensait-elle de ma barbe de trois jours, parsemé de poils trop vite devenus blancs comme ces quelques mèches de cheveux ondulés qui pendaient sur le haut de mon front?
Au moment où cette pensée quitta mon esprit, elle me souffla sa première flamme dans la figure :

« Vous ne vous appelez pas Jean Morel, me dit-elle.
J'ai entendu le directeur de l'hôtel vous appeler ainsi mais ce n'est pas votre nom. Cela se voit. Vos vêtements sentent le neuf malgré la terre qui recouvre le bas de votre pantalon. Le dos du col de votre pull doit encore porter son étiquette. Le cuir de votre blouson ne possède aucun pli d'usure ou de mouvement. Vos chaussures doivent encore vous faire mal. Je vous ai vu boiter en rentrant. »

Elle ne dit rien de plus. Le timbre de sa voix était resté neutre. Elle avait posé son diagnostic sans émotion, ni reproche. Comme par devoir. Comme une mission ou une tâche qu'elle devait accomplir avant d'aller se coucher. Dire ses quatre vérités à quelqu'un alors que d'autres se seraient contentés d'aller pisser.
Puis elle se leva. Délicatement. Comme si elle décollait sa peau d'un tissu abrasif. En bougeant elle me permit de découvrir son odeur. Elle ne sentait pas le brûlé mais un doux parfum désinvolte. Elle saisit son pull pour le placer sur ses épaules sans qu'elle ait eu besoin d'enfiler les manches. Encore un autre défi au froid.

Debout à côté de moi, elle ressemblait à une longue plante aux larges feuilles assorties de minuscules petites noix précieuses aussi brillantes que certaines mèches de ses cheveux. J'en ressentais déjà les pouvoirs. Mon sang réchauffé pulsa des deux côtés de mes tempes. Mes joues rougissaient de gêne et de honte. Des picotements agitaient mes jambes et l'extrémité de mes pieds.

C'est ainsi que je la vis disparaître. Féroce et calme, aussi légère qu'un fantôme, aussi puissante que la plus sage des femmes. Durant ces quelques minutes, elle n'avait pas observé le visage de Jean Morel, elle n'avait vu que le mien, pâle et encore transpirant des efforts de ma course éperdue dans la nuit.
Nous n'avions vu, chacun de notre place, que ce que nous étions ce jour-là. De simples visages muets du silence de nos secrets. Le *pourquoi*, qui nous avait conduit tous les deux jusqu'à ce village était resté invisible à nos âmes.

Une main coupable

Parfois la vie des autres dépend de nos hésitations, de nos peurs, de notre lâcheté, de nos paroles. Parfois simplement de nos mains.

C'est lui qui, la première fois, posa la main sur l'épaule de ma femme. Lui qui, sans équivoque, en appuyant ses doigts comme il l'avait fait, avait voulu que je comprenne qu'il ne l'avait jamais obligée à rien, que tout fût accepté, par elle, dès le commencement.

Aujourd'hui encore il me manque une partie du récit. Il n'a pas eu le temps de tout me dire. Elle non plus. Je n'avais rien vu. Rien deviné. Rien compris. Pas un seul jour la possibilité que ma femme ait pu me tromper avec lui n'effleura mon esprit. Pourtant à bien y réfléchir maintenant, certains détails auraient pu me permettre de comprendre ou du moins de songer à cette question qui agite, un jour, n'importe quel mariage.

Depuis le début de notre vie commune, de temps en temps lorsque je rentrais le soir et chaque fois que je revenais d'un déplacement professionnel, je remarquais quelques légers changements en elle. Une nouvelle robe, une autre attitude lorsqu'elle se déshabillait, une autre manière de bouger un objet, un autre parfum dans la maison, une nouvelle lampe, une autre façon de vider son verre en regardant par la fenêtre du salon. Des petites choses qui me semblaient ordinaires. Rien d'essentiellement marquant.

D'un certain point je n'en étais pas gêné. Je pensais que ses changements, qui appartiennent à toutes les femmes, étaient la

conséquence d'une évolution de ses goûts qui finissaient par s'accorder aux miens. J'en étais même assez satisfait. C'est ainsi que j'avais imaginé l'évolution de notre vie intime.
J'étais heureux qu'elle puisse rester connectée à celui que j'étais même lorsque mes obligations me tenaient loin d'elle. Ces changements me plaisaient. J'y voyais, à chaque fois, une marque d'affection à mon endroit.

Les gens aiment la plupart du temps parce qu'on les oblige à aimer. Combien de couples restent ensemble parce que l'un deux, homme ou femme, s'est organisé d'une telle façon que l'autre ne peut que continuer de l'aimer car il ne trouve rien à lui reprocher. En chaque changement je ne lisais que son obstination à ne pas laisser l'ennui gagner notre vie de couple. Une sorte de résistance au ressentiment ou à l'aigreur qui naissent parfois de la déception d'un mariage. Je pensais que ma femme m'aimait comme je l'aimais, tous deux tenus par un tendre sentiment où la conviction l'avait emporté sur le résigné.
Je l'aimais encore le jour où je vis cette main sur son épaule. Sa main à lui, étendue dans toute sa largeur, comme s'il tenait quelque chose qui lui avait toujours appartenu et qui lui appartenait encore.

Dans l'ombre de ma chambre d'hôtel, j'en devinais encore l'empreinte. Il me semblait sentir le gras de ses doigts sur mes draps. Mes vêtements sentaient peut-être l'odeur du neuf comme l'avait remarqué Veronica, celle du souvenir de ces doigts se répandait encore tout autour de moi. Que me faudrait-il faire pour ne plus la sentir ? Y répandre une odeur encore plus forte que la sienne ? Si seulement je pouvais la chasser de mes souvenirs comme on chasse un insecte, en agitant simplement les bras.

Je me contentai de secouer la cendre de ma cigarette au-dessus du verre qui me servait de cendrier. Je m'étais remis à fumer. La première depuis mon arrivée.

Jean Morel avait eu envie d'une clope et qu'importe si le règlement de l'hôtel m'y autorisait ou pas. Jean Morel fumait. Et moi je ne savais plus comment la tenir.
Dans un geste, pourtant lent, la braise tomba sur le drap. Alors que je tentais de la saisir entre mes doigts, je vis l'incandescence commencer à creuser un trou dans le tissu. Je pensais à Veronica. M'avait-elle transmis son virus pendant qu'elle me dévisageait. Cette envie de feu et de flammes. J'enviais sa pulsion salvatrice. Elle avait consumé son mariage avant même qu'il ait eu lieu. J'imaginais son incendie comme un grand feu de joie.
Le mien était bien modeste. Impassible devant les conséquences de ma maladresse je laissais la tâche s'agrandir. Elle rongeait délicatement le drap en silence. Les bordures rougeoyantes s'étendaient comme de belles coulées de lave. Puis sans avoir eu besoin de faire quoi que soit, le trou consumé se cercla d'une mince croute sombre. Le feu s'était éteint. Il ne restait plus qu'une marque en forme de cratère pas plus large que la taille d'un œuf. Le creux de la naissance ou de l'oubli.
Le fantasme du trou noir, d'une nouvelle dimension à laquelle je rêvais d'appartenir.
Je rêvais de tout oublier. Je rêvais d'y plonger la main de celui qui avait touché l'épaule de ma femme. De celui que j'avais frappé au visage. De celui dont j'avais écrasé le visage jusqu'à ce que je lise dans ses yeux que, si je n'arrêtais pas, il allait mourir.
J'avais pris sa tête entre mes mains et en le regardant droit dans les yeux, je l'avais cognée plusieurs fois contre le mur jusqu'à ce que la rage m'abandonne. Sans jamais le quitter du regard. Y

avais-je lu du regret ? Je ne pense pas. Alors j'avais voulu jouir d'un dernier geste. Par tout le poids de mon corps, venir écraser du pied, la main qui s'était posée sur l'épaule de ma femme pour qu'il ne puisse plus jamais s'en servir. J'avais écrabouillée sa main, brisé chacun de ses os, sectionné chacun de ses muscles, réduit à l'état de déchet chacun de ses cartilages. J'avais voulu qu'elle se transforme en bouillie, qu'elle devienne liquide, qu'elle disparaisse entre les lattes du parquet.
Cette main que je n'aurais jamais voulu voir se poser ainsi. Celle qui m'avait toujours indiqué le chemin que je devais prendre, et que je suivais comme un aveugle, tenu par la certitude que je pouvais m'en remettre entièrement à elle, puisqu'elle était semblable à la mienne. Cette main qui m'avait donné à manger et à boire. La main droite de mon père.

2ᵉᵐᵉ partie

Quatrième Jour

Pourquoi attendre

Du malheur et de l'argent. Je savais que je faisais partie de ceux qui en auraient encore puisque la vie leur avait fait une avance. Le malheur était déjà fait. Je n'avais pas eu de chance. Finalement je n'avais été aimé ni pour mon argent ni pour moi-même.

Je savais que je recevrais encore beaucoup d'argent à la mort de mon père. Il ne pouvait pas me déshériter, la loi ne le permettait pas en France et surtout, ma mère, à sa mort y avait veillé. Car il tenait son confort de son union avec elle. Mon père avait toujours bien vécu et par conséquent moi aussi. Ne pas avoir de soucis financiers était un privilège dont je mesurais l'importance. Ma fuite n'en serait jamais altérée.

Et celle de Veronica ? Je me demandais combien de jours elle resterait à l'hôtel. Non que j'eusse envie de la revoir plus longuement que la veille mais savoir ce qu'elle comptait faire ces prochains jours restait dans mon esprit. A l'aube du quatrième jour prendre mon petit déjeuner accompagné s'imposa comme une évidence. A défaut de rencontrer un autre client de l'hôtel, j'irais m'asseoir au comptoir du Brise-lames et discuterais avec le serveur.

Mais l'humeur n'était plus la même. Le temps avait changé. Il pleuvait des cordes. Et malheureusement le bar était fermé.

A quoi allais-je consacrer mon temps ? Fuir ne pouvait être une occupation à plein temps ? A quel moment décide-t-on qu'on n'est plus en fuite ? Combien de temps dure la fuite ou le sentiment de fuite?

La seule réponse que j'espérais trouver ce matin- là était à la question, comment occuper ma journée? Qu'allais-je bien pouvoir faire? Regarder la pluie tomber du haut de ma chambre ? Et si cela durait toute la journée. Prendre ma voiture et rouler ? Je n'en avais pas envie.

Je me sentais démuni. Comme un enfant j'attendais que quelqu'un décide à ma place de l'activité de la journée. Qu'elle ou il me propose une occupation qui lui paraîtrait essentielle pour m'éveiller à ma vie nouvelle. Comme on éduque celui qui doit encore tout apprendre ou presque.
Je regardais dehors scrutant le ciel comme si la solution ne pouvait venir que de lui. La pluie tombait en rideau. Elle me cachait la vue la plus lointaine. Seul l'immeuble devant moi restait lisible. J'avais du mal à reconnaitre le décor que je pensais déjà familier. L'ensemble des alentours était devenu flou. Cependant au bout de quelques minutes où je regardais sans voir, je finis par remarquer une personne. Une silhouette que je devinais être celle d'une femme.

Une femme immobile vêtue d'un long manteau rouge se trouvait dans la rue. Elle portait des chaussures à talons décolletées jusqu'aux orteils, inadaptées au temps. De là où je me tenais et malgré la pluie, je pouvais voir la peau de ses mollets et de ses chevilles battues par l'eau et le vent.
Au bout de son bras était suspendu un grand sac noir, vraisemblablement de voyage, qu'elle gardait collé contre elle. Elle n'avait pas de parapluie mais avait trouvé refuge sous le store d'une petite boutique.
Son attitude était sans aucun doute, celle d'une femme qui attendait quelqu'un car de temps en temps elle changeait l'appui de ses pieds dans un mouvement chargé d'impatience. Elle ne

s'appuyait pas contre la vitrine du magasin comme peuvent le faire ceux qui attendent mais se tenait bien droite à la limite de la protection du store comme si elle voulait que quelqu'un remarque sa présence. Elle ne regardait pas sa montre, ni son téléphone portable, il me semblait que seules la porte ou les fenêtres de l'hôtel retenaient son intention.
Lorsque je m'en rendis compte, je m'écartai légèrement comme si j'avais craint qu'elle me surprenne. La distance que je venais de rajouter entre cette femme et moi ne me permettait plus de distinguer les traits de son visage ni de deviner son âge. Ses cheveux noirs étaient tenus en arrière. Je ne pouvais pas imaginer leur longueur ni comprendre s'ils étaient raides ou frisés. L'ensemble était succinct. Une pâle silhouette dessinée d'un seul coup de crayon. Une forme humaine qui attendait quelqu'un qui ne semblait pas venir. Je remarquai qu'elle se déplaçait d'une jambe sur l'autre avec difficulté.
Peut-être avait-elle les pieds trempés, ou que son sac devenait trop lourd à porter, ou qu'elle perdait patience, ou qu'elle commençait à ne plus se sentir bien ?
Qu'attendait-elle pour traverser la rue et venir se réfugier dans le hall de l'hôtel ? Pourquoi rester ainsi immobile au coin de la rue ? Son entêtement à rester ainsi sous la pluie me laissait penser qu'elle avait dû passer une partie de sa vie à attendre et que rien, jamais, n'était arrivé. Ou si peu. Qu'elle avait vécu les choses de son existence comme si ce n'était pas ce que la vie avait prévu pour elle. Qu'il y avait eu une erreur. Qu'elle avait consacré son temps à se souvenir de ce qui lui avait semblé trop court ou imparfait. Elle faisait sans doute partie de ces êtres qui pensent avoir déjà joué presque toutes leurs cartes.
Un jour, il ne leur en reste plus qu'une. Quand la jouer ? Comment et pour qui ? Il ne se passe enfin quelque chose, un évènement surgit, qui change votre vie, que lorsqu'on souhaite un

changement profond, une amélioration, un profit avant tout pour soi-même.
Se donner à l'autre avec générosité ne conduit jamais au miracle. Je ne le savais que trop bien.

C'est alors qu'elle leva son bras libre en direction du rez-de-chaussée de l'hôtel. Elle devait surement répondre à quelqu'un qui venait de lui faire un signe. Elle n'était plus obligée d'attendre, son rendez-vous était enfin là. Elle s'élança prête à traverser la rue. Son allure devint, tout d'un coup, plus légère. Même le port de sa tête semblait différent. Elle leva légèrement le menton comme si elle se félicitait d'avoir été si patiente, qu'elle avait eu raison d'attendre si longtemps.
Et pourtant au moment où je devinais qu'elle était arrivée de l'autre côté du trottoir, je la vis faire demi-tour et avec précipitation se replacer exactement au même endroit comme si elle avait eu peur de perdre sa place.
La regarder revenir sous le store me serra le cœur. J'étais ému de la voir ainsi se repositionner exactement à l'endroit qu'elle venait de quitter. Partir ou rester alors qu'elle venait enfin de cesser d'attendre. Comme cela me semblait douloureux et cruel. Je ne savais pas ce que je préférais pour elle. Qu'elle attende encore ou qu'elle se décide à partir.
Qui pouvait la faire languir ainsi ? Qui avait-elle cru voir pour enfin trouver le courage de traverser la rue?

Je décidai de quitter ma fenêtre pour descendre la rejoindre. Peut-être aurais-je la chance de lever le mystère de ce rendez-vous, que j'espérais au plus profond de moi-même, pas encore manqué.

Le hall de l'hôtel était désert et lorsque je me retrouvai, à mon tour dans la rue, plus personne ne se trouvait en face. La femme avait disparu.

Son rendez-vous était-il enfin arrivé ? Etait-elle partie après avoir renoncé à l'attendre ? Je fus incroyablement contrarié d'avoir manqué le dénouement de l'histoire.

J'avais espéré pour elle. J'avais attendu avec elle. Il me semblait que c'était à moi qu'on avait posé un lapin. C'était moi qu'on avait fait attendre et personne n'était venu à ma rencontre.

L'envie de quitter Saint-Briac s'imposa à moi en quelques secondes. J'avais besoin de bouger, de quitter l'hôtel, de ne plus rester derrière ma fenêtre. Et surtout de ne plus regarder qui que ce soit attendre quelqu'un qui ne vient pas.

Alors que j'entrais dans ma chambre je vis de nouveau l'horizon. La pluie venait de cesser. Sous la lumière je pensais que la femme allait réapparaitre mais de ma fenêtre je ne voyais plus personne. Dans quelques instants le sol serait sec et il ne resterait plus aucune trace de sa longue attente. J'espérais au plus profond de moi-même que son rendez-vous était venu, qu'elle avait été récompensée, que la dernière carte qu'elle venait de jouer avait été la bonne, que la vie lui avait enfin donné raison.

Je regardais toujours dehors lorsque je sentis un souffle d'air chaud remonter le long de mon dos. La puissance du regard de Veronica pesait sur moi. Elle devait se tenir sur le seuil de ma porte que j'avais laissé ouverte. J'avais voulu l'éviter mais elle se trouvait là où je ne pouvais pas rester à l'ignorer plus longtemps.

Elle attendait que je me retourne. J'avais suffisamment regardé ailleurs pour la journée. Lui faire face ne pouvait pas me contrarier davantage qu'avoir vu disparaître la femme de la rue.

Tel un danseur voulant impressionner sa partenaire, je fis demi-tour d'un coup de hanche. Je ne voulais pas la laisser prendre le dessus dès le début. Il ne faut jamais sous-estimer une femme, surtout une femme comme Veronica. Car elle aussi avait préparé son entrée.

De nouveau elle portait un vêtement qui ne lui allait pas. Une robe bleu nuit incongrue en ce matin pluvieux.

Son allure était à son image. En total désaccord avec l'atmosphère d'un bord de mer breton. Sa tenue était faite pour un diner en ville, pas pour un petit-déjeuner au restaurant de l'hôtel de Houle et encore moins pour un café au Brise-lames. Elle ressemblait à une enfant qui venait d'enfiler sa robe préférée sans se soucier du temps qu'il fait, ni de l'occasion pour laquelle elle s'était préparée et encore moins de celui qui se trouverait à ses côtés.

La hâte se lisait sur son visage ou l'inquiétude, peut-être même une certaine impatience ou bien était-ce le manque de sommeil. Ses cernes semblaient encore plus prononcées que celles que j'avais contemplées la veille.

« Venez, allons au Casino de Dinard. Il ouvre à dix heures. Le temps de nous y rendre, nous arriverons au bon moment. J'ai envie de jouer aux machines à sous. Je n'ai plus grand-chose en poches. Le hasard me permettra peut-être de rester un peu plus longtemps à Saint-Briac. Je n'ai pas de voiture, je suis arrivée en taxi. Je peux compter sur vous ? Même si vous n'avez pas envie de jouer, vous voulez bien m'accompagner ? » Dit-elle déjà sûre de la réponse.

Prendre mon petit-déjeuner au casino de la ville d'à côté, accompagné d'une femme pyromane habillée d'une robe de soirée, voilà qui était parfait pour poursuivre cette journée.

De l'argent ou du malheur. Sans doute aurions-nous la chance de ne gagner qu'un seul des deux.

Côte à côte

Comment recueillir tout ce que les autres ont vu, entendu, et à quoi ils ont assisté. Comment distinguer tout cela de ce qu'aussi, parfois, l'on sait sans réussir à le comprendre tout à fait. Car vient un moment où l'on peut confondre ce que l'on a vu et ce que l'on vous a raconté. D'une certaine façon il est même surprenant que nous arrivions à en faire la distinction. Qu'en fin de compte, nous réussissions à analyser et différencier toutes les histoires que l'on entend et celles que l'on vit tout au long de notre vie. Et plus encore ce qui touche ceux que nous ne connaissons pas et qui demeure incertain à entendre.

Assis côte à côte, nous échangions des banalités depuis que nous avions pris la route. Je découvrais son profil. Un beau profil gauche qui laissait entrevoir les possibles variations de son cœur. Elle dégageait un mélange de vulnérabilité et de force qui me donnait envie d'en savoir davantage.
Sans doute encouragé par l'absence de son regard planté dans le mien, je me surpris, sans même avoir eu le temps de réfléchir aux conséquences de ma question, à lui demander: pourquoi.

«Pourquoi le feu? Pourquoi le jour de votre mariage? Pourquoi êtes-vous partie? Pourquoi venir à Saint-Briac? »

«Pourquoi le feu, me répondit-elle. Parce que je n'avais que ce moyen pour que tout s'arrête. Je voulais que tout le monde s'en aille. Que tout disparaisse comme si cela n'avait jamais existé.

Si j'avais pu brûler ma robe je l'aurais fait. Mais je n'ai pas réussi à l'enlever tout de suite. Et je n'avais pas envie de me faire du mal. Je n'ai jamais eu cette pulsion- là. M'en prendre à moi. Je n'ai pas pu prendre à lui, non plus, alors j'ai voulu que tout crame, que tout soit dévoré par les flammes. Qu'il entende parler de l'incendie, qu'il prenne peur. Qu'il garde cette peur en lui longtemps. Juste peur puisque je sais qu'il n'aura jamais honte, qu'il ne sera jamais accablé de remords. Il pense avoir bien fait, aujourd'hui encore plus qu'hier. Il a réussi à sauver sa peau tant qu'il en était encore temps. Il a échappé au pire. Au pire de sa vie en ne venant pas à notre mariage. Il s'est sauvé.
Je suis restée longtemps seule à l'église à l'attendre. Il était parti la veille au soir. Je ne suis pas le genre de femme qu'on épouse. Quelqu'un le lui a dit, un jour, peu après notre rencontre, que je ne suis pas le genre de femme qu'on épouse.
J'ai ce feu bouillant en moi qui transperce sans que je puisse le contenir et qui jaillit alors même que je voudrais l'éteindre. Comme un malentendu. Un malentendu de feu et de flammes dévorantes qui finit par éloigner tous ceux qui ont tenté, un jour, de m'approcher d'un peu trop près.
Dans mon village, tout le monde se souvient du jour où, enfant, j'ai quitté ma maison. La petite valise en carton que j'ai brulé dans le jardin avec le flacon de parfum de ma mère. En grandissant tous ont cru que j'avais enfin appris à me maîtriser, à contrôler mes colères, mes accès de fureur délirants. Tous avaient imaginé que j'avais trouvé une raison de vivre et ferais des projets. Je n'ai pas pu m'empêcher, de nouveau, de tout foutre en l'air.
J'ai pourtant essayé. J'avais même écrit dans mon carnet : *Ne pas mettre le feu le jour de mon mariage.*
J'ai présenté mes excuses avant de partir et aussi incroyable que cela puisse vous paraître, j'ai été pardonnée.

Certains me plaignent autant que je les effraye. Même vous, sans doute un peu. Même si celui qui a tout perdu ne devrait n'avoir plus à craindre…
Mais vous semblez fatigué. Si fatigué. Votre regard est vide. Vous semblez perdu. Vous transpirez. Vos mains serrent trop forts le volant. Vous venez de rater la sortie pour Dinard. Ce n'est pas grave. Très vite, sur n'importe quelle route de n'importe quelle ville, on peut rattraper son chemin ou le perdre davantage sans avoir besoin d'y réfléchir très longtemps.
Vous avez dû y penser, le jour où vous êtes parti. Vous avez dû hésiter le long de la route. Ou peut-être que non.
Vous avez roulé le plus vite possible, au-delà de la vitesse règlementaire. Vous n'en aviez plus rien à faire. Un coup d'accélérateur pour chasser l'angoisse et espérer ne plus souffrir de rien.
Je suis sure que vous n'avez pas de papier d'identité sur vous. Même pour balancer des jetons de couleur dans une machine, il faut prouver qui on est. J'irai seule jouer les derniers billets qui me restent. Vous pourrez prendre votre café en regardant la mer. Ou acheter de nouveaux vêtements. Au moins un nouveau pull et une nouvelle chemise. Vous portez les mêmes qu'hier…

C'est beau Dinard. J'y suis venue travailler il y a longtemps. Je me souviens très bien du lever du soleil sur le clocher de l'église de Saint Malo que l'on peut voir de la côte. Dinard et Saint Malo se font face. Elles ne sont pas à côté. Elles se regardent, s'épient. L'une envie la décontraction de l'autre. Le plaisir que prennent ceux qui y séjournent est parfois coupable. Il y a du vrai dans cette idée. Pas pour tout le monde. Mais parfois. Et pour moi en tous cas. Car il y a des choses qu'on n'oublie pas. Je vous raconterai la suite un peu plus tard. Pas maintenant. J'ai déjà trop parlé.

C'était il y a dix-huit ans je crois, j'avais vingt ans. Quelque chose comme ça. On n'est pas toujours d'accord sur les dates lorsqu'on doit raconter le jour où tout a commencé, n'est-ce pas ? »

Je l'avais écoutée sans dire un mot. Elle parlait vite. Il m'avait été impossible de la couper. Et à dire vrai, je n'en avais pas eu envie. J'avais été happé par tout ce qu'elle venait de me confier. A aucun moment je l'avais sentie hésiter. Peser le pour et le contre. Réfléchir à ce qui pouvait être dit ou caché. Elle avait tout lâché comme elle l'avait fait la première fois quelques minutes après son arrivée.

Non seulement elle crachait du feu mais elle visait juste. On n'est jamais d'accord sur les dates lorsqu'on doit expliquer le jour où tout a commencé. Personne, jamais, n'est d'accord sur ce point, et moi pas davantage qu'un autre.
Par le chemin de la côte, il nous restait quelques minutes avant d'atteindre Dinard. Suffisamment pour me confier. Car il s'agissait bien de cela. Assis côte à côte sans personne pour nous regarder de face, nous étions tour à tour psychanalyste et patient.

A présent, c'était à moi de me lancer. Encouragé par le débit que je venais d'entendre, je décidai de me confier à elle de la même façon:

« En cadeau de mariage, mon père nous avait offert un couple de chaises couleur cognac dont les pieds, légèrement incurvés, étaient en métal. Ces fameux fauteuils dits Barcelona, aux carrés de cuir matelassé. Très élégants et plutôt confortables. Le plus important était qu'ils soient deux. Ils avaient plus d'allure ensemble. Deux fauteuils semblables et complémentaires sur lesquels mon père jetait son imperméable qu'il soit sec ou mouillé sans jamais se soucier des éventuelles tâches que cela pouvait causer.

Il lançait son vêtement trempé comme un chien qui s'ébroue. Je ne me souviens pas qu'il l'ait, un jour, accroché au porte-manteau de l'entrée. A chaque fois il me semblait qu'un animal venait de pénétrer dans le salon. J'ai fini par faire des recherches sur ce geste. Il me fallait comprendre le chien pour mieux connaître mon père.

L'étude explique qu'il y a un lien entre la taille de l'animal et la vitesse de son ébrouement. Plus ils sont petits et plus ils doivent fournir d'efforts pour se sécher. Il n'y a pas que les canins qui se secouent ainsi mais tous les animaux terrestres possédant une fourrure, de la souris, au lion, en passant par l'ours et le kangourou. S'ébrouer est une question de survie. L'eau pèse lourd sur le dos. Mon père faisait partie du règne animal et sa haute taille lui permettait de se sécher en un seul geste.

Jeter son pardessus sur un des fauteuils qu'il m'avait offert en l'honneur de mon mariage devait le soulager de tout sentiment coupable. Il s'en débarrassait d'un simple geste de la main à chacune de ses visites. Fêtes, anniversaires, diners en famille. Les têtes à têtes étaient rares. En tous cas avec moi. Car il y eut bien des visites durant mes absences. Ma femme et lui n'avaient jamais eu la décence d'aller à l'hôtel, ni même de louer un endroit. Notre appartement était parfait. Une relation ne dure aussi longtemps que si elle pratique. Il ne faut jamais l'oublier. L'amour ou le sexe, ou les deux ne pourront jamais se défaire de la question pratique pour pouvoir durer.

Je vois, à présent, dans ce geste, la confirmation de ce que mon père a toujours été. Son état, sa fonction. Répéter ce geste était pour lui une façon d'entretenir son espèce. D'en prolonger la vie.

De demeurer à la place qu'il pensait être la sienne. Mon père, le mari de ma mère et l'amant de ma femme.

Qu'importe que sa liaison dure ou pas. Le principal étant qu'elle ait existé. Qu'il avait eu la possibilité de s'ébrouer là où il avait eu envie de le faire. De venir pisser sur mon territoire comme l'animal qu'il est. Lui seul pouvait en définir lui-même les limites. Hier, aujourd'hui, demain.

Le temps pour lui n'avait pas d'importance. Il faisait partie de cette race d'hommes certain de leur pouvoir sur les autres et que le temps qui passe ne viendrait en rien modifier les effets. Son pouvoir était un acquis comme la couleur de ses yeux. Rien ne viendrait jamais en changer la couleur.

C'était quelqu'un chez qui je n'avais jamais perçu le moindre changement d'attitude. Aucune gravité, aucune lassitude ne se lisait dans ses yeux alors que je vis l'éclat du regard de ma mère s'amenuiser au fils des années.

Pas un seul jour il négligea son corps qui devait lui obéir au doigt et à l'œil. Un enchainement d'exercices quotidiens lui permettait de garder un corps de jeune homme. Sa silhouette mince et élancée avait gagné la bataille contre le poids. Chaque été, il l'exhibait fier du travail accompli.

D'aussi loin que je me souvienne il avait toujours porté ses cheveux épais et forts parfaitement peignés avec une raie sur le côté, à la façon d'un acteur de cinéma des années quarante ou cinquante. Un peu comme Gary Grant le faisait. Jamais il ne négligea cette coiffure qu'il n'avait pas laissé jaunir, et qui ce jour-là était d'un gris éblouissant d'arrogance.

Je me souviens de sa tête dressée sur son cou tel un menhir sacré dont on vénérait encore les secrets, de ses chemises d'une blancheur immaculée, de ses cravates aux couleurs vives qui lui donnaient l'allure d'un homme au charme, jusqu'à ce jour, incontesté.

D'aussi loin que je me souvienne et jusqu'à ce jour-là, le visage de mon père était celui d'un homme qu'on cherche dans la foule, qu'on choisit parmi tous les autres, et qu'on fixe avec l'espoir qu'il nous regarde enfin. Car il possédait la plus redoutable des qualités, on avait tous envie d'être aimé de lui.

Toutes et tous. Quel que soit l'âge ou le sexe. Jeunes et vieux. Sans distinction aucune. Il charmait pour duper. Car tout devait lui profiter. Il n'y a qu'à l'ombre de la lumière de son bureau, lorsqu'il se tenait assis en train de lire des documents ou de rédiger des courriers, que je pouvais, durant quelques secondes, apercevoir son regard de charogne.

Les enfants ignorent tout de leurs parents et tardent, trop souvent, à s'y intéresser. Je pensais, enfant, que ce regard était l'expression d'une contrariété passagère, qu'il n'approuvait pas ce qu'il lisait ou que quelqu'un était à l'origine de ce qui était venu déformer les traits de son visage.

A ce moment-là ses sourcils, aussi épais que l'étaient ses cheveux, se tordaient et venaient d'un coup assombrir l'iris solaire de ses yeux lui donnant une teinte obscène que je ne leur connaissais pas. Ses yeux devenaient ceux d'un rapace. Ils s'agitaient comme s'ils cherchaient leur prochaine cible. Leur prochaine proie, leur prochain trophée.

Ce ne fut que lorsque je vis de nouveau ce regard, celui que j'avais souvent vu durant mon enfance et que j'avais oublié, se refléter dans le miroir du salon et sa main se poser sur l'épaule de ma femme que je compris enfin.

Vous avez raison, Veronica. On n'est pas toujours d'accord sur les dates lorsqu'on doit raconter le jour où tout a commencé.
Je vous laisse aller seule jouer au casino. Je ne vous souhaite pas bonne chance. Cela peut se retourner contre vous. Retrouvons nous devant dans deux heures. Jouer pour moi aussi. Autant que les billets qui se trouvent dans ma poche servent au hasard plutôt qu'aux concours de circonstances. Nous n'avons plus rien à perdre, ni vous, ni moi, alors voyons un peu si quelque chose peut commencer aujourd'hui. »

Les maillons d'une seule chaîne

Rester assis à l'attendre dans un café était impossible. J'avais du mal à respirer. Des spasmes secouaient mon estomac. J'avais la nausée. Faire quelques pas le long de la plage augmenta mon malaise. Le mouvement des vagues me donnait des vertiges. Figé debout sur le sable il me semblait être en pleine mer prisonnier du doux balancement de la houle. Pour la première fois je me sentais mal au bord de l'eau.
Les grandes demeures qui dominaient le paysage m'intimidaient comme si je n'étais pas digne de les regarder. Elles respiraient la bourgeoisie dynastique construites pour abriter et perpétuer la descendance de ceux qui y vivaient. J'en étais le fils prodigue. Leur beauté m'étouffait. Je ne m'attendais pas à ce style de villas imposantes. Elles paraissaient sorties tout droit d'un conte dont je n'étais pas le héros mais celui qu'on pourchasse pour le punir de s'être enfui.
M'éloigner de ce paysage et me promener dans la ville soulagerait mon esprit de tout ce que je venais de voir et d'entendre. Je pourrais faire le tri de tout ce qui venait d'être dit, balayer toutes les hypothèses autour de nos récits. Quitter l'horizon du grand large pour me concentrer sur celui de mes pas. Sans les juger, accepter les confidences de cette femme et espérer que les miennes ne la dégoutent pas trop de moi.
Je n'avais pas forcément envie de lui plaire mais lui parler et l'écouter avait été au-delà de ce qu'on pouvait qualifier de nécessaire. J'avais trouvé une compagne d'infortune et je priais pour qu'elle perde l'argent que je venais de lui donner pour qu'on

puisse rester unis de ce côté-ci de la malchance. Il me paraissait inutile de chercher à renier notre héritage.

Pour la première fois depuis mon arrivée, je me retrouvais parmi des gens que je croisais dans la rue. Je les voyais. Je n'étais plus seul avec moi-même. Je venais de renouer avec les autres. Les moteurs des voitures et les voix des passants résonnaient d'une voix familière qu'il était réconfortant de retrouver.
Au bout de quelques minutes de balade mon esprit s'apaisa. Je levais enfin les yeux vers ceux que je croisais et appréciais recevoir leur regard en retour.

C'est alors que je vis s'approcher, d'un pas lent, un individu qui, du premier coup d'œil, me parut espagnol ou italien, surtout par la moustache qu'il portait comme seuls les hommes du sud savaient le faire. Elle faisait honneur à leur virilité plus qu'elle l'exacerbait. Il s'arrêta devant une librairie mais rien ne dut l'intéresser car il reprit sa marche aussitôt.
Lors de cette pause il avait enlevé son imperméable pour le jeter sur ses épaules, le laissant ainsi suspendu dans son dos seulement maintenu par la force de ses doigts. Comme mon père l'avait fait toute sa vie.
Sans doute était-ce ce geste qui m'interpella car l'envie de le suivre un peu sans qu'il s'en rende compte, me saisit.
Je me mis à marcher d'un même pas lent pour garder une distance raisonnable entre nous. Il était petit et marchait la tête haute comme s'il voulait gagner en taille. En regardant sa main, je vis son alliance que je trouvais trop large par rapport à son doigt. Je me sentis soudain léger de ne plus porter la mienne. Soulagé de mettre séparé de ces trois grammes de métal doré. Je l'avais jetée par la fenêtre de ma voiture le jour où j'étais parti.

Je suivais cet homme sans savoir où son chemin me conduirait lorsque je compris qu'il se dirigeait vers le marché. De chaque coin de rue, de nouvelles personnes arrivaient et j'eus peur de le perdre. Suivre cet inconnu me plaisait bien plus que je l'aurais imaginé. Etait-ce seulement du à la vue de son imperméable jeté sur son épaule ? Ce vêtement avait donc encore tant d'importance à mes yeux.

Le marché ressemblait à tous les marchés de France. Un mélange d'étales en tous genres. Produits régionaux, de bouches ou de pacotilles. Fruits et légumes contre chaussures, dégustation de crêpes ou galettes contre démonstration de robots mixeurs.
La couleur ficelle de son imperméable était un repère que j'essayais de ne pas perdre de vue. Je le regardais toucher un tissu, sentir un poisson, s'éloigner d'un soutien-gorge accroché à un cintre. Comme s'il avait enfin trouvé ce qu'il cherchait, il s'arrêta, net, devant un étalage de produits cosmétiques. Savonnettes, crèmes, huiles fabriquées à base de produits naturels semblaient satisfaire ses envies.
Il saisit deux petits paniers composés de produits divers qu'il évalua d'un air indécis puis convaincu. La vendeuse lui demanda si c'était pour offrir. Je le vis acquiescer d'un signe de tête.
Il ne parlait pas français et malgré le bruit autour de nous, j'eus l'occasion de comprendre qu'il était sicilien car je reconnus son accent.
Il me manque bien des qualités mais je parle plusieurs langues étrangères et il paraît que j'ai une oreille. Il me suffit d'écouter un air, une seule fois, pour être capable de le retenir. Je ne savais pas voir mais je savais écouter.

Ce fut alors lorsqu'il voulut régler son achat, qu'il tourna la tête et me vit. Je pensais pourtant avoir été discret. Je le vis hésiter, son

regard étrange allait et venait comme s'il cherchait si mon visage lui était familier, s'il m'avait déjà vu quelque part. Un de ses yeux était plus petit que l'autre. Une dysmétrie du regard qui me surprit. Je crus même, un instant, qu'il me faisait un clin d'œil comme pour me signifier qu'il m'avait reconnu.
Pourtant c'est sans aucune hésitation qu'il reprit sa marche comme si cet instant n'avait pas existé, ni son achat, ni son regard posé sur moi. Malgré le doute sur le fait qu'il ait pu me repérer, l'envie de continuer à le suivre ne m'avait pas quitté. Cela n'avait aucun sens et pourtant coller cet homme me paraissait être la meilleure chose à faire, en attendant Veronica, comme si l'un était relié à l'autre. Mais il fut plus malin que moi.
Car lorsqu'il s'engouffra dans le marché couvert, je perdis sa trace. Il n'y avait pas foule et je ne vis personne courir. Il disparut de ma vue cependant, de la même manière qu'il m'était apparu, d'un pas lent.
Il me semblait revivre la scène du matin. Cet homme s'était effacé devant moi comme la femme, un peu plus tôt de sous ma fenêtre.

Observer pour être témoin de si peu de choses n'avait pas beaucoup de sens mais ce fut la seule activité qui m'avait permis d'échapper, pendant quelques minutes à la lourdeur de mes pensées.
Ce n'était plus d'un café dont j'avais envie mais d'un plateau de fruits de mer simplement composé d'huitres et de crevettes roses, les seuls crustacés que j'aimais.
Le marché regorgeait de produits aussi riches que variés parfaits pour l'élaboration d'un pique-nique. Le temps lumineux promettait de se maintenir, il ne me restait plus qu'à acheter tout ce qui était nécessaire à un complet déjeuner improvisé.
D'abord deux grands paniers pour pouvoir tout ranger, puis deux douzaines d'huitres, un couteau pour les ouvrir, deux bouquets de

crevettes, une bouteille de vin blanc, un tire-bouchon, un torchon, une barquette de fraises qu'on mangerait avec les doigts assis sur une grande nappe en tissu trouvée au bout d'une allée.
Il ne manquait plus que deux verres. Hors de question de boire dans du plastique. L'avantage d'un grand marché est qu'il y a toujours un coin brocante. En un coup d'œil je trouvai mon bonheur, et même s'ils ne se vendaient que par six, des verres en cristal viendraient compléter notre table.
Je venais de dépenser une petite fortune et espérais finalement que Veronica ait eu de la chance au jeu.

Sur le chemin du retour, une pensée m'envahit. Et si elle s'était enfuie. Et si elle avait décidé de ne pas venir au rendez-vous, persuadée de n'avoir plus rien à faire avec le plus grand pauvre type que la terre ait porté.
Mais elle se trouvait déjà dehors lorsque je revins près du casino. L'expression de son visage la montrait contrariée. Elle se lança dans une courte explication.
Elle avait gagné une belle somme qu'elle avait aussitôt reperdu et au moment où il ne restait plus qu'un jeton, l'installation électrique avait sauté. Une énorme panne de courant inexpliquée avait éteint toutes les machines.
Tous les clients et joueurs déçus ou furieux avaient été priés de quitter les lieux afin que le personnel compétent puisse faire toute la lumière sur cet incident qui restait inédit dans les annales de l'histoire du casino.

Veronica haussa les épaules à la fin de son récit comme si ce geste résumait, à lui seul, la fatalité de chacune de ses mésaventures provoquées ou subies par la température anormalement élevée de son corps.

Je n'avais aucun reproche à lui faire. Je ne fis aucun commentaire me contentant de lui dire ce que j'avais prévu pour le déjeuner. Mon idée de pique-nique lui plut.

Pour la première fois je la vis sourire. Un large sourire qui me permit de découvrir ses dents qu'elle avait plus larges que longues et qui lui donnaient un air conquérant. Il venait contredire la tristesse de son regard. Son visage était comme les deux faces inversées de la lune. Le haut demeurait dans l'ombre, le bas dans la lumière.

Il nous restait à choisir l'endroit où nous installer. Elle proposa la plage de Saint- Enogat qu'on pouvait rejoindre par le chemin des douaniers en longeant la falaise. Marchant l'un derrière l'autre, chacun un panier à la main, nous formions une courte chaîne. Deux maillons d'une gourmette ou d'une breloque qui avait cédé sous la force de nos poignets.

Il est faux de croire qu'on est lâche lorsqu'on s'enfuit. Car la solitude demande du courage. Il n'est pas facile de s'en remettre au destin, de garder foi en un hasard bon et charitable. Pourtant à ce moment-là, sans vraiment la connaître, Veronica me rassurait comme jamais je ne l'avais été. Qui d'autre aurait pu se présenter à moi aussi sincèrement qu'elle l'avait fait tout à l'heure dans ma voiture ?

Elle m'inquiétait sans m'effrayer. Comme l'une des enfants de la photographie accrochée sur le mur ma chambre d'hôtel. Celle qui se mord les doigts. Je savais que celui qui risquait le plus n'était pas celui qu'on croyait. Veronica était la première victime d'elle-même. Ceux qui ne le comprenaient pas ne recevaient finalement que ce qu'ils méritaient.

Le sentier du littoral abrite une frontière imaginaire qui n'existe que pour celui qui veut la franchir. Du bas de la falaise, les villas ne m'impressionnaient plus. J'avais trouvé ma place. Minuscule et humble suivant à la trace une femme inconnue de moi.

La plage de Saint-Enogat était longue et belle. Quelques villas bordaient encore la côte. Moins bourgeoises à mes yeux, elles se fondaient dans le paysage. A l'abri du vent, on déplia la nappe. Je ne savais plus qui j'étais mais le peu de moi-même, en cet instant, me suffisait. Le sourire de Veronica me laissait croire qu'elle aussi se sentait bien avec moi. Jean Morel ne fut pas invité à venir nous rejoindre. Malgré mes six verres, je n'en remplis que deux. Je n'avais pas envie d'être un autre pour trinquer avec elle. Dans un élan enfantin, Veronica jeta son verre contre le mien comme si elle avait eu peur de le manquer. La moitié de son vin se déversa sur la nappe qu'elle baptisa ensuite de l'eau de ses huitres.
Je regardais ses mains, fines et longues, s'agiter devant moi, saisir un coquillage, le porter à sa bouche, avaler le corps du mollusque avec gout, essuyer sa bouche, remettre une mèche de cheveux derrière son oreille, toucher son verre du bout des doigts, le caresser avant de vider d'un trait tout son contenu. Ses mains étaient, sans doute, ce qu'il y avait de plus joli en elle. Rien d'autre selon moi car le mot joli ne lui convenait pas. Elle possédait trop de mystères pour cela.

On mangea tout et vite, en se parlant à peine. Je ne lui dis rien sur celle que j'appelais encore ma femme, ni elle sur son fiancé. Au pied de notre autel, nous gardions le silence.

Qu'aurais-je pu lui dire d'ailleurs puisqu'il ne s'était rien passé. Pas un son n'était sorti de la bouche de ma femme, pas un cri, pas une plainte, aucun mot pour me demander d'arrêter, pour me supplier de ne plus le frapper.

Immobile contre le mur du salon qu'elle touchait à peine, confiante dans le maintien de son équilibre, elle nous avait regardés nous battre comme si cette lutte ne la concernait pas. Comme si cette histoire n'était pas la sienne, qu'il ne s'agissait finalement que d'un combat entre deux hommes. Comme si nous étions deux chiens se disputant un os et que celui qui l'emporterait n'avait pas d'importance. Pas plus que savoir qui du père ou du fils souffrait le plus de cette lutte sanglante.
Comment raconter tout ce qu'elle avait fait durant ces années et tout ce qu'elle n'a pas fait ce jour-là. Tout ce qu'elle n'a pas dit.
Une autre fois, un peu plus tard, peut-être, les mots me viendront et j'aurais le courage de me confesser encore.

En cet instant, regarder Veronica manger suffisait à nourrir notre échange. Je ne pouvais partager ce moment qu'avec une femme comme elle, un être d'une autre espèce que la mienne, à l'intuition plus salvatrice que fatale.
Elle tourna son visage vers moi comme si elle venait de m'entendre et de comprendre l'importance de la simplicité de cet instant car ses yeux sourirent enfin.
« On devrait tous commencer par-là, me dit-elle. Déjeuner assis par terre, manger avec les doigts, regarder autre chose que la personne assise en face de soi, avoir la possibilité de découvrir tous les angles de son visage, faire le tour de sa personne comme on étudie une sculpture. »

Elle se leva en ajustant sa robe pour en faire disparaître tous les plis, enfouit ses deux mains de chaque côté de sa tête et souleva les mèches qu'elle voulait détacher du reste de ses cheveux. Elle semblait si grande ainsi dressée devant moi. La mer flottait autour d'elle. Le soleil illuminait la peau de ses bras nus faisant d'eux ses deux nouveaux rayons.

Elle appartenait au ciel. Un astre scintillant et chaud qui tournait tout autour de moi. Elle fit quelques pas dans le sens de l'aiguille d'une montre pour s'arrêter juste derrière moi.
« Le plus important à voir ne se trouve pas forcément du côté où notre regard est habitué à se poser, dit-elle dans un murmure. Et si on rentrait maintenant, j'ai peu et mal dormi, manger autant invite toujours à la sieste.»

Dormir un peu me ferait également le plus grand bien car, comme elle, ma nuit avait été courte. Après avoir remballé nos affaires, nous prîmes le chemin du retour.
Il me semblait revenir d'un voyage, d'un court week-end passé avec une personne qu'on avait invitée pour mieux la connaître. Veronica m'apparaissait différente, plus complète, comme si sa personnalité s'était harmonisée, en une teinte toujours aussi singulière mais plus lisible à mes yeux. Son tempérament et organisme en feu s'étaient délestés de leur part d'invraisemblance pour ne garder qu'une dose d'absurdité qui collait parfaitement à la mienne.

On roulait depuis quelques minutes lorsqu'on aperçut à la croisée d'un chemin, une jeune fille faisant de l'auto-stop. Sur un bout de carton, elle avait écrit *Saint-Briac*. Sans concerter ma passagère, je m'arrêtai et lui permis de monter.
Le chauffeur du véhicule qu'elle avait trouvé sur une application de co-voiturage en gare de Saint-Malo venait de la laisser sur la route. Il n'avait pas voulu aller plus loin sans lui dire pourquoi.

La jeune fille s'appelait Solange. Un vieux prénom qu'elle détestait. Sa mère l'avait choisi en souvenir d'une cousine morte à l'âge de dix ans d'une longue maladie. Elle ne comprenait pas l'intérêt de lui avoir donné le prénom de quelqu'un qui avait eu si peu de chance dans la vie.

Solange habitait Paris, venait d'avoir dix-sept ans, était tombée amoureuse, l'été dernier, d'un serveur du village, et avait décidé de quitter l'école et ses parents pour le retrouver sans attendre les prochaines vacances.

Grâce à l'argent de poche économisé depuis la rentrée, elle avait réservé une chambre à l'hôtel qui se trouvait juste à côté du bar. A l'hôtel de la houle. Le jeune homme en question ne savait pas qu'elle venait ni qui elle était car ils ne s'étaient jamais parlés. Ils ne se connaissaient pas vraiment. Assise à la terrasse du café, elle était restée des heures à le regarder. Bien au-delà de la durée conseillée par l'amour.

Pourquoi le feu

Veronica avait mis le feu à sa petite valise en carton le jour où elle avait compris que sa mère ne reviendrait pas la chercher.
Née dans un petit village du centre de la France, aussi perdu au milieu des villes qu'elle au milieu des siens, sa mère avait toujours rêvé de partir.
Une brève liaison consommée sans amour, appelée communément *coup d'un soir*, avait donné naissance à une petite fille qu'elle avait prénommée Veronica en hommage à son idole, une actrice morte dans l'oubli le plus total en 1973. Sa mère l'avait découverte dans un film projeté dans la salle de cinéma où elle travaillait comme caissière et ouvreuse. Le film réalisé, en 1947, par un certain André de Toth, avait pour titre français, *Femme de feu*. L'actrice, Veronica Lake, y incarnait une femme qui refuse son mariage forcé avec un homme autoritaire et engage un tireur à gages pour s'en débarrasser.

Il n'y a pas que les moins de vingt ans qui méconnaissent Veronica Lake. Il faut aimer les vieux films américains et les femmes mystérieuses pour s'en souvenir. Cette actrice était la plus grande passion de sa mère. Elle connaissait sa filmographie par cœur et avait offert son autobiographie à sa fille le jour de son sixième anniversaire.
Qu'importe le niveau d'apprentissage en lecture de sa fille, la mère de Veronica avait considéré qu'il était temps pour elle de comprendre pourquoi elle s'appelait ainsi.

Sa mère avait voulu la protéger des pulsions névrosées de certains hommes. Elle seule pourrait inquiéter les plus redoutables d'entre eux. Elle n'aurait jamais rien à craindre. Elle grandirait consciente de son pouvoir qui la maintiendrait à l'écart de tous les dangers que n'importe petite fille rencontre au moins une fois dans sa vie. Son incandescence éloignerait les fauves, les loups, tous les prédateurs qui rôdent autour des plus jeunes proies, certains de sortir victorieux de leurs chasses. Enfant, jeune fille et femme, elle franchirait chaque étape de sa vie en assainissant, de son regard incendiaire, l'atmosphère tout autour d'elle.
Veronica n'était pas qu'un prénom, il était son héritage.

Un jour d'été, sous une lumière éblouissante de douces promesses, sa mère disparut. Sans rien emporter. Sans indiquer d'adresse. Un simple mot écrit à ses parents à qui elle confiait, par défaut, l'éducation de sa fille. De tout ce qu'elle possédait sa mère n'avait laissé qu'une seule chose qu'elle aurait dû emporter dans sa fuite. Son flacon de parfum.
Un flacon joliment décoré d'un bouchon en forme de deux colombes entrelacées, la première représentait l'amour, la seconde la liberté. Il s'appelait *L'air du temps* de *Nina Ricci*. A chaque fois qu'elle le sentait sur quelqu'un, Veronica avait envie de vomir.
Pas un seul jour, elle vit sa mère oublier de se parfumer. Chaque matin, et à chaque fois qu'elle sortait le soir, sa mère laissait glisser, le long de son cou, quelques gouttes de parfums qu'elle tapotait deux fois de suite, en disant d'une voix plus claire que susurrée: *On ne sait jamais*.
Un *on ne sait jamais*, à l'évocation de tous les possibles, décuplant les pouvoirs magiques de cet élixir parfumé. Un élixir indispensable à la vie de cette femme.

Pourtant le jour où elle était partie, elle ne l'avait pas emporté. Son flacon de parfum était, sans doute, devenu inutile là où elle allait. Ni son parfum, ni sa fille ne ferait partie du voyage. Plus besoin de prévoir un quelconque *On ne sait jamais*, quelque chose avait dû enfin arriver.

Durant trois jours entiers, pendant lesquels elle avait refusé de boire et manger, Veronica avait veillé au retour de sa maman. Dans une petite valise en carton qui ressemblait davantage à un jouet qu'à un véritable sac de voyages, elle avait rangé les affaires qu'elle voulait emporter.
Une robe rouge à volants, un pyjama rose, des bottes en plastique, un pull marin qui ne grattait pas, des chaussons de gymnastique, un galet blanc porte bonheur trouvé sur la plage, une barrette pour attacher ses cheveux et éviter les nœuds, des feutres de couleurs, un cahier de dessins, un livre pour mieux s'endormir le soir et chasser les cauchemars. Sa poupée préférée ne rentrait pas, elle la tiendrait dans ses bras.
Après avoir enfilé la robe blanche parsemée de petites cerises que sa mère lui avait achetée au début de l'été, Veronica se coucha devant la fenêtre de sa chambre.
Durant trois jours entiers, nuits et jours, elle avait guetté les moindres mouvements, la moindre ombre, le moindre craquement de parquet qui auraient pu annoncer le retour de sa maman.
A l'aube du quatrième jour, Veronica su que sa mère ne reviendrait pas. Du haut de ses six ans, elle avait compris que l'évènement espéré par sa mère depuis longtemps était enfin survenu.
Quelqu'un ou quelque chose l'avait arraché à l'ennui de son existence. Sa fille en faisait partie.

C'est alors que la folie ou la rage s'empara pour la première fois de Veronica. De son corps et de son esprit. Une colère à la mesure d'une jeune tempête ou du plus novice des diables. Elle se souvenait parfaitement de la manière qu'on faisait flamber les crêpes.

Armée du flacon de parfum de sa mère, elle alluma une mèche et mit le feu à sa petite valise qu'elle avait trainée au fond du jardin. Fascinée par les flammes, elle avait regardé la valise se consumer lentement. Elle n'avait pas pleuré.

Si elle avait pu brûler sa maison entière, elle l'aurait fait mais sa mère ne possédait qu'un seul flacon, qu'un seul *air du temps* qui s'éteignit bien trop tôt dans sa vie d'enfant.

Veronica n'était pas blonde et aucune mèche de cheveux ne venait cacher son œil droit comme l'actrice savait si bien le faire pour augmenter le mystère autour de sa personne.

Elle n'était pas un mythe et n'avait besoin d'aucun signe particulier pour se faire remarquer. Son héritage de feu suffisait.

Fidèle à cette image, Veronica devint serveuse. Métier que la star déchue exerça à la fin de sa vie.

A la manière d'une petite actrice acceptant n'importe quel rôle, pourvu qu'il lui permettre de payer son loyer, Veronica passait d'établissement en établissement comme certaines comédiennes de tournage en tournage. Le matin elle partait travailler comme si elle en endossait un rôle pour n'y rester que le temps de s'en lasser.

A vingt ans, alors qu'elle avait accepté de faire la saison d'été dans un café du centre-ville de Saint-Briac, elle crut reconnaître sa mère. Une femme aussi blonde qu'elle était brune s'était promenée le long de la Grand rue.

Du coin de l'imposant bureau de poste, elle crut voir surgir celle qui l'avait abandonnée. Cette silhouette incarnait tout ce dont elle se souvenait. Une allure particulière parée de longs cheveux brillant à la lumière d'été. Elle ne vit pas son regard, à peine son profil. Un bref mouvement de tête qui ne raconta rien d'autre que l'absence de visage.

Car ce fut de dos qu'elle lui apparut. Un dos qui ne demandait qu'à être suivi. Dans un élan désespéré elle avait lâché ses clients pour essayer de rattraper ce qui s'échappait encore. Pour renouer avec la dernière fois du dernier jour où elle vit sa mère. Pour lui rendre le baiser de Judas qu'elle lui avait donné avant de partir.

Elle se souvenait de sa bouche trop rouge pour être sincère se pencher vers elle pour l'embrasser. De son étreinte maternelle semblable à toutes celles qu'elle avait partagées avec elle. Appuyée mais brève dans un lent mouvement tendre encombré de gêne.

Elle l'avait vue s'éloigner dans le jardin, ouvrir la grille du portail et s'évanouir dans la lumière resplendissante de midi. Suivant le rythme de sa marche, ses longs cheveux dansaient sur ses épaules. Autour d'elle sa robe bleue ciel volait comme si elle venait d'être propulsée dans les airs. Elle avait pris son sac à main comme elle le faisait chaque jour pour se rendre à son travail. Un sac aux longues lanières, porté en bandoulière, qu'elle avait laissé rebondir sur sa hanche à chacun de ses pas. Un sac ordinaire qui ne détenait aucun objet précieux, aucun carnet, aucune photo, aucun souvenir, que les clefs d'une maison qu'elle n'ouvrirait plus.

Comment être sûre de l'identité de quelqu'un qu'on ne voit que de loin. Comment ne pas confondre l'allure, les traits d'un visage, d'un regard changé par les souvenirs d'une vie qu'on n'a pas partagée.

Elle avait laissé la femme disparaître sous ses yeux comme elle avait laissé les années filer sans jamais tenter de la retrouver.

Comme si une autre chance lui serait un jour donnée avant même qu'elle y pense.

Il y a un temps pour se souvenir d'une journée floue et lointaine. Un temps pour espérer poursuivre comme si de rien n'était. Un temps pour croire en une vie écrite pour une autre que soi- même et un temps pour se dire un matin :
On ne sait jamais.

La traversée d'Annette

Deux fois vingt ans ou vingt minutes, Annette ne savait pas quelle durée avait été la plus interminable à vivre. Surement la dernière car jamais, de sa vie, elle n'avait eu aussi mal aux pieds. Le cuir verni, surtout lorsqu'il est neuf, compresse et scie même la peau des pieds les plus entraînés. Annette n'était jamais allée nulle part et pour la première fois de sa vie avait osé traverser la rue.

Un jour de novembre, le 14 novembre 1978, pour être plus précis, Annette tout juste mariée à Georges, rencontré sur les bancs du lycée, s'installa au numéro treize du boulevard de la houle à Saint-Briac sur mer. Juste en face de l'hôtel qui portait le même nom.
Ils venaient d'acheter leur première maison située à quinze minutes à pieds du magasin que Georges ouvrirait dans la foulée avec joie et succès. Les bretons ne boivent pas que du cidre et, très vite, son activité de caviste permit au jeune époux de faire vivre sa femme et sa famille.
Annette n'avait jamais travaillé mais élevé avec affection et sérieux les trois enfants qu'elle avait mis au monde à un an d'intervalle chacun. A l'âge de vingt-huit, elle avait accompli tout ce que la vie attendait d'elle, un mariage, trois enfants, et l'aménagement d'une belle et vaste maison de ville pour regarder sa famille s'épanouir.
La maison construite sur deux étages, était composée de sept pièces, aussi larges que hautes de plafond. Une belle maison bourgeoise au portail couleur vert-anglais qui donnait le ton dès

qu'on le poussait pour traverser la cour. Privée de la vue directe sur la mer et n'ayant jamais voyagé dans les pays lointains, Annette avait laissé les plantes et les fleurs exotiques envahir sa maison.
Un jardin intérieur conçu avec soin, à la hauteur des paysagistes anglais qui avaient imaginé border la côte de Dinard de plantes diverses afin qu'elle devienne la plus tropicale des stations balnéaires de la manche.

L'élégance des palmiers, les vertus de l'Aloe vera, les couleurs de l'Anthurium, la douceur de l'Arun s'épanouirent dans le jardin d'hiver qu'Annette créa après avoir rénové la vieille véranda au lendemain de la naissance de son troisième et dernier fils. Exposé plein sud, il accueillit même bananier, ananas, avocatier et combava dont la production de fruits et de graines en surprit plus d'un. Les plus surprenantes d'entre-elles, étaient, sans contexte, les orchidées que chaque invité venait admirer dès leur arrivée dans la maison.
Au cœur de cette jungle, tourné vers la lumière, un confortable transat inclinable accueillait, chaque après-midi sans exception, les rêves et les espoirs de la maîtresse de maison. Assise ou allongée, Annette lisait, écrivait, méditait, et parfois même dormait, à l'abri du regard des quatre hommes de sa famille. Au fil des années, ce jardin devint son refuge. Un endroit qu'elle entretenait avec une patience à la hauteur de celle que Georges consacrait à ses bouteilles.
Les habitudes et l'ennui avaient peu à peu gagné leur mariage creusant un fossé qui, après le départ des enfants, s'était transformé en une rivière dont les courants ne permettaient plus aucune nouvelle traversée.

Du bord de sa serre, une vue dégagée sur la façade de l'hôtel de la Houle fut l'unique spectacle immobile auquel Annette assista durant les longues quarante années qui venaient de s'écouler.
La solitude qui avait envahi sa vie, été comme hiver, et qu'aucune visite de ses fils ou promenade le long de la mer ne réussissaient à combler, devint un jour si insupportable à vivre qu'Annette prit une décision radicale.

Sans chagrin, ni précipitation, c'est avec le plus grand calme qu'un matin elle trouva le courage de franchir autrement la porte de sa maison. Pour l'occasion, elle avait même changé de coiffure, dégagé son visage, laissé ses jolies rides profiter de la lumière, attaché ses cheveux en chignon comme elle le faisait autrefois. Et pour compléter sa nouvelle silhouette, elle choisit une tenue entièrement neuve de la tête aux pieds. Une robe noire, un long manteau rouge et de belles chaussures à talons.

Qu'importe la distance à parcourir, Annette voulait être joliment chaussée. Elle ne sut pas si ce fut à cause de la pluie, du doute ou de la peur, mais à peine arrivée sur le trottoir la force se déroba sous ses pieds. Elle n'avait pas imaginé, un seul instant, que ces quelques pas seraient si compliqués à faire.
Immobile sous le store du magasin situé à côté de sa maison, elle regardait le trottoir en face, soudain devenu le plus redoutable des territoires à conquérir. Derrière le rideau de pluie, l'hôtel de la houle n'avait jamais été si proche et pourtant elle n'arrivait plus à bouger. Son sac pesait sur son bras, ses chaussures lui faisaient mal alors qu'elle ne les portait que depuis dix minutes.
Elle n'avait pas soupçonné que partir lui demanderait autant d'efforts physiques. Elle s'était imaginée s'éloigner, sous un soleil serein, chargé d'un sac léger ne contenant qu'un dernier vœu à exaucer : Qu'il se passe enfin quelque chose d'autre dans sa vie.

Qu'importe de quoi serait fait ce qui n'existait pas encore. Juste voir ses habitudes changer. Modifier enfin l'orientation de son transat. Et surtout ne plus entendre Georges rentrer le soir.

Ne plus respirer son odeur devenue aigre avec le temps, ne plus subir sa voix détestable, ne plus être victime des indélicatesses de cet homme qu'elle n'aimait plus depuis longtemps, ne plus le laisser dire qu'elle ne servait à rien, qu'elle n'avait jamais eu grand-chose à raconter, qu'elle était sans relief, qu'elle était vieille même si elle avait le même âge que lui, qu'elle avait grossi, que son corps était mou, que personne ne voudrait plus jamais lui faire l'amour, qu'elle avait eu de la chance qu'il soit resté avec elle, qu'elle pouvait lui dire merci.

Sans qu'elle sache réellement pourquoi, Annette n'avait jamais rien répondu à ces remarques. Pas une seule fois. Peut-être avait-elle compris que les mots, parfois, n'étaient pas la meilleure réponse à donner.

Un jour semblable à tous les autres, alors qu'aucun évènement particulier n'était venu influencer ses pensées, Annette n'eut plus envie de s'occuper de ses plantes. Les remarques habituelles de son mari ne pesaient pas bien lourd en comparaison de ce dernier point qui fût à l'origine de la décision qu'elle prit.
Partir et regarder son monde se faner sous ses yeux. De loin sentir sa maison souffrir de son absence. Pouvoir enfin mesurer l'importance de son existence, de sa fonction, de sa valeur.

Elle était la même et une autre, immobile sur ce trottoir battu par le vent et la pluie, fixant du regard la façade de l'hôtel comme si la houle allait, par chance, grossir suffisamment pour la porter, d'un coup, de l'autre côté.

C'est alors qu'elle imagina que quelqu'un la regardait caché derrière une fenêtre. Des murmures inaudibles l'encourageaient à traverser la rue, à quitter l'endroit où elle s'était réfugiée, à cesser d'attendre là où elle se trouvait. Elle imagina même un signe venu d'ailleurs. Un regard ou un bras levé derrière une vitre l'invitant à venir le rejoindre. Alors, comme pour se donner du courage, elle leva, elle aussi, la main. Un simple geste adressé qu'à elle-même.
Les pieds noyés sous la pluie, elle traversa la rue le cœur haletant. Six mètres en quelques secondes si rapide à parcourir qu'elle fit aussitôt demi-tour.
Annette avait rêvé de ce moment depuis si longtemps qu'elle décida qu'il méritait d'être vécu une seconde fois.
A l'image d'un tour de manège.
Existée et fébrile tout à la fois, elle rentra chez elle en courant. A soixante-huit ans, elle laissa un rire d'enfant traverser toutes les pièces de sa maison. Le dos collé contre le mur de l'entrée, elle reprit son souffle bruyamment comme elle le faisait lorsqu'elle revenait trop rapidement d'un endroit. De longues expirations nourries d'une énergie nouvelle. Lorsqu'elle franchit de nouveau le seuil de sa porte, la pluie avait cessé. Elle traversa la rue d'un pas calme et assuré savourant chaque centimètre parcouru.

Le directeur de l'hôtel l'attendait déjà. Il savait qu'un jour, elle oserait venir prendre une chambre de l'autre côté de sa vie. De longues années passées à contempler l'hôtel avait permis à Annette de mesurer à quel point Thomas respectait les secrets que ceux qui osaient le rejoindre.

L'ailleurs vendu par l'industrie aérienne pousse à prendre un vol mais l'ailleurs et l'autre sont, parfois, au bout de la rue. Pour peu qu'on s'y intéresse.

La main sur la poignée de la porte

Après avoir laissé Solange, la jeune fille de dix-sept ans trouvée au bord de la route, se présenter à la réception de l'hôtel, je m'étais enfin souvenu.
Ce fut alors que je laissais la porte de ma chambre se refermer derrière moi, que me revint, du fond de ma mémoire, un souvenir perdu.
Quelque chose d'insignifiant qui ne peut que se perdre et qui revient fugacement comme un banal courant d'air.
Le souvenir que quelque chose s'est passé et dont on doute au moment même où on s'en souvient. Un bref claquement d'images. En ce qui me concerne ce fut le souvenir d'une simple porte qui s'ouvre.

La première fois ce fût avec ma première petite amie.
Je m'étais souvenu d'elle au moment où je me souvins de mon père dans ma chambre. Il était entré sans frapper. Cela était arrivé plus d'une fois. Pauline avait été la première petite amie que j'avais laissée venir dormir chez moi. Chez nous. Nous avions dix-sept ans. Nous n'étions pas amoureux mais nous étions bien ensemble. Nous partagions notre adolescence, à cet âge c'est déjà beaucoup. Cette nuit-là ou plutôt était-ce un matin ou une après-midi, mon père est entré dans ma chambre sans frapper à la porte. Il savait que Pauline était là, avec moi, dans mes bras, certainement nue contre moi. Ou nue tout simplement. Il avait voulu la voir.

Je comprenais enfin.

Je m'étais jeté en travers du lit en laissant mes pieds dépasser par crainte de salir les draps. M'allonger en pleine après-midi n'avait jamais été dans mes habitudes.
Sauf à l'adolescence. Comme tous les jeunes gens de cet âge, j'aimais me coucher sans raison particulière, tenu par la seule envie de glander comme on disait. Et c'était parce que je venais de faire quelque chose que je n'avais pas fait depuis trente ans que je m'étais souvenu de tout.
Trente longues années où je ne compris rien de mon père. Une vie entière. J'avais toujours interprété ses incursions dans ma chambre comme une marque d'attention ou d'affection maladroite. Pire j'avais même imaginé que se souciant de moi et de mon bien être, ses étourderies, ses gaffes ne pouvaient être que l'expression singulière de sa virilité paternelle. Car la seule certitude d'un garçon est la foi en la virilité de son père.
Quelle méprise! Quelle ignorance! Quelle ingénuité affligeante dominait alors mon esprit. Et surtout quel déni ! Je n'avais rien compris. Mon père voulait nous surprendre. Nous voir nus ensemble, la regarder elle. Connaître ses seins, ses hanches, son ventre, son cul. A chaque fois qu'il entrait dans la chambre il tentait, à sa façon de nous rejoindre. Ou de me l'enlever.

Je comprenais à présent qu'il avait toujours voulu me voler celles qui me prenaient dans leurs bras. Celles que je tenais contre moi. Celles qui étaient nues avec moi. Celles qui avaient le même âge que moi. Quinze, seize, dix-sept, dix-huit, dix- neuf ou vingt ans. Il voulait ces filles-là pour lui aussi.
Il voulait les avoir nues contre lui, coucher avec elles comme je le faisais. Peut-être avait-il commencé à me haïr à ce moment-là, lorsque je suis devenu un homme et que j'ai commencé à baiser.

A faire l'amour à des jeunes filles devenues inaccessibles pour lui. Interdites pour lui.
Trop jeunes, trop loin de lui, trop *pas pour lui*. Plus pour lui.

Il n'avait pas supporté l'idée. J'étais devenu un homme et je prenais sa place. Il s'agissait autant de ma virilité que de la sienne. Il me haïssait parce que je baisais des jeunes filles de dix-sept ans. Il me haïssait parce que je les ramenais sous son toit et qu'il ne pouvait pas en profiter. Elles n'étaient pas là pour lui. Elles ne le voyaient même pas.
Alors pour ne pas rester sur le carreau, pour prouver qu'il existait, qu'il voulait, lui aussi, sa part du gâteau, qu'il n'était pas vieux, qu'il pouvait encore plaire, qu'il pouvait conserver sa place, qu'il n'avait pas dit son dernier mot d'homme viril, il était entré dans ma chambre sans frapper.

Je me souvenais à présent de son corps immobile sur le pas de la porte. Un corps douloureux, refreiné dans son élan, comme si quelqu'un ou quelque chose venait de lui briser les jambes pour l'empêcher d'aller plus loin.
Je me souvenais de ce que je n'avais pas su voir ni comprendre. Je me souvenais de son empêchement.
De l'expression de son visage qui trahissait sa hâte frustrée. De sa respiration devenue sourde comme s'il se tenait en apnée. De son regard fiévreux animé par un sentiment que je ne pouvais pas comprendre parce qu'il était impossible qu'il puisse exister.
Je me souvenais de sa main qui laissait saillir les pointes blanches et rouges de ses phalanges tellement ses doigts serraient forts la poignée de la porte. Comme ceux de l'homme au marché retenant l'imperméable jeté sur son dos. Vingt-sept petits os d'une main que j'ai broyés le jour où je me suis enfui avant même de comprendre pourquoi je la haïssais tant.

Comment avais-je pu rester sans réagir ? Pas une seule fois je lui fis une remarque à la hauteur de la colère qui aurait dû être la mienne. Je m'étais contenté de lui répondre qu'il devait faire attention la prochaine fois.
Et il y en eut tant d'autres. Une dizaine, une vingtaine. Avec Pauline, mais peut-être avec d'autres encore. Jusqu'à ce que je quitte la maison pour m'installer avec celle qui deviendrait ma femme.

Comme le déni avait été grand ! L'avais-je donc aimé à ce point ? Au point de ne pas vouloir comprendre par peur de le vexer. De lui faire de la peine. Sans m'en rendre compte je l'avais laissé exprimer son vice pour qu'il m'aime encore. Pour qu'il reste en vie. Pour que je garde mon père le plus longtemps possible dans ma vie et qu'il puisse m'aimer en retour autant que je l'aimais. Autant que tout le monde l'aimait car tous mes amis lui témoignaient de l'affection, tous auraient voulu être ses enfants.
Un bon fils. J'avais voulu être un bon fils et je l'avais été.
Je l'avais laissé me surprendre dans ma chambre, regarder la peau tendre des jeunes filles nues sous son toit. Goûter des lèvres, lécher des yeux, celles qui ne lui appartenaient pas.
Peut-être avait-il un jour écouté à ma porte ou respiré leurs odeurs dans mes draps. Peut-être s'était-il couché dans mon lit en travers comme je l'étais moi-même ce jour-là dans ma chambre d'hôtel. Je comprenais enfin qu'il avait déjà dû le faire pour être capable de le commettre de nouveau avec ma femme. Cela n'avait pas dû être difficile pour lui.
La simple répétition d'un geste qui perdait un peu plus de son ignominie à chaque fois qu'il se manifestait.
Plus il assouvissait son vice et moins il avait d'importance. Voler mon intimité était devenue pour lui une habitude à laquelle il n'avait jamais voulu renoncer.

A quel moment avait-il commis le plus grand de ses crimes ? A quel moment précis avait-il décidé de voler ma femme ou celle qui allait devenir ma femme ? A quel moment avait-il décidé de voler ma vie tout entière ?

A présent, ce qui affleurait à ma mémoire c'était le visage de ma femme, de S puisque j'avais décidé de l'appeler ainsi.
Je ne supportais plus l'expression : *ma femme*.
Elle ne l'était plus pour moi. Je n'en avais plus. Je décidai à l'instant de ne plus l'appeler que par la première de son prénom: S.

S comme serpent. S comme secret. S comme sueur.
Car je me souvenais de son visage ce soir-là. Un visage en sueur surpris dans la pénombre des volets clos. Et des mains qui la retenaient par les bras. Le soir de ma nuit de noces.

L'impatience de Solange

Depuis l'aube de l'humanité, les hommes circulent et cherchent à découvrir ce qui se cache un peu plus loin, de l'autre côté des océans, des collines, des rivières, des champs ou des villes. Parfois même de l'autre côté d'eux-mêmes. Quitter son territoire, s'initier au monde. Le désir d'aventure est universel et tout laisse à croire qu'il indique le début de l'âge adulte.
A dix- sept ans, Solange savait ce qu'elle voulait. Elle voulait faire l'amour pour la première fois et avait choisi un garçon de sa classe pour réaliser son envie.
Solange voulait se débarrasser de sa virginité avec lui parce qu'elle le trouvait beau mais surtout parce qu'elle était tombée amoureuse d'un autre durant l'été.
C'était très simple à comprendre. Solange voulait s'enfuir comme une femme et non pas une jeune fille ou pire comme une vierge. Pour elle la différence était grande.
Ce fut donc sans difficulté aucune, qu'elle réalisa son premier souhait. Le rendez–vous fut fixé un samedi soir sur la terrasse de l'appartement que possédait les parents de l'intéressé du côté du cimetière de Montmartre. La vue sur les tombes rendrait cette première fois plus mystique encore. Solange avait envie de regarder l'horizon, sentir l'air frais et la puissance des esprits parcourir l'ensemble de son corps au moment-même où elle deviendrait une femme.

Ce jour-là elle s'abandonna moins au plaisir qu'à la brise nocturne et légère de la ville qui avait même fait perdre l'envie aux abeilles

de reproduire les gestes du printemps. Les mouvements de l'intéressé contre elle lui semblèrent n'être qu'un petit tourbillon bien faible par rapport à l'effet du déplacement d'air du corps de Samuel entre les tables et les chaises du bar d'été de Saint-Briac.
Cela n'avait pas d'importance. Ne garder aucun souvenir ou si peu de cette première fois était la meilleure chose qui pouvait lui arriver.

La forme la plus naïve de la promesse ne tenait pas en l'idée de la première fois sublimée mais dans l'extrémité des lèvres de Solange. Sans qu'elle s'en rende compte, à chaque fois que Solange souriait, ses lèvres s'ouvraient sur la bonté. Il était impossible à quiconque de lui refuser un souhait ou une requête. Les deux extrémités de son sourire tendaient vers une bienveillance désintéressée rare pour une jeune fille de son âge. Seulement recouverte de ses longs cheveux blonds aux boucles encore enfantines, Solange, cette nuit-là, laissa jaillir pour la première fois l'eau bénite de sa source originelle, face à l'esprit pudique des occupants du cimetière. Le moment partagé avec l'intéressé lui permit d'opérer sa mue. Elle quitta son corps d'ingénue, de jeune pucelle pour s'élancer conquérante à l'assaut de l'amour et de Samuel.

Quitter ses parents avait été la seule solution. Ils n'auraient pas pu la comprendre. Et elle ne pouvait pas les en blâmer pour autant. Quels parents auraient encouragé leur fille à partir à quelques semaines de l'examen du baccalauréat.
Issus tous deux de familles bourgeoises devenues bobo, ils rêvaient pour leur fille unique d'un destin composé de brillantes études, d'un mariage avec un bon garçon promis à une belle réussite qui donnerait la famille nombreuse dont ils rêvaient tant.

Solange ne voulait pas d'enfants. Elle s'ennuyait en leur présence. Les soins et attentions qu'ils demandaient ne seraient jamais de son âge. Ni plus tard, ni jamais.

A dix-sept Solange savait ce qu'elle voulait. A l'ennui d'un destin conjugal bien trop sage, Solange choisit les affres de l'amour et ses tourments, attirée comme un aimant par l'appel du grand large qu'elle définissait tout simplement comme le premier choix fondateur du début de l'existence.

La valise de Veronica

La valise de Veronica était lourde des vêtements de sa mère. Pulls d'été, chemisiers d'hiver, robes courtes et longues, pantalons de toutes sortes et foulards de couleurs composaient le seul *Tout* que Veronica avait emporté le jour où elle était partie.

Le souvenir de sa petite valise en carton n'avait jamais quitté son esprit. C'est dans une grande valise à roulettes à l'habitacle aussi solide que celle d'un coffre-fort qu'elle rangea ce que sa mère lui avait laissé en héritage: ses affaires.

Prudente, n'ayant aucune confiance en ce qui l'animait parfois, elle avait pris soin de choisir un modèle ignifugé, par définition incombustible malgré la matière inflammable qui le recouvrait. La rareté de ce modèle lui donnait autant de valeur que son contenu. Et par là même celle de sa présence à Saint-Briac. Le souvenir de sa mère déambulant dans les rues de ce village s'était transformé, au fil du temps, en une certitude. Sa mère avait vécu ici ou y vivait encore.

Après plusieurs tentatives de recherche, à partir de son nom de jeune fille, qui s'étaient avérées vaines, Veronica eut une idée. Sa mère avait peut-être changé de nom, de coiffure, d'allure, de visage, qu'importe. Elle ne pouvait pas avoir oublié les vêtements qu'elle portait au temps de sa jeunesse. Agée aujourd'hui de soixante et un an, sa mère, même en pleine possession de toutes ses facultés ne pourrait reconnaitre, en elle, la petite fille qu'elle n'avait pas vu grandir. Rien, aucun contact, aucun message, aucune lettre, aucun coup de téléphone entre sa mère et ses grands- parents ne fut donné ou reçu depuis le jour où elle était partie. De sa mère elle ne sut plus rien. Personne ne sut plus rien. Son nom à jamais consigné dans le registre universel des disparus.

Par chance ou malchance, Veronica avait la même corpulence que sa mère. Tous les vêtements qu'elle avait emportés lui allaient. Elle avait choisi les plus légers, aucun pull en laine ni de choses encombrantes qu'elle n'aurait, de toutes façons, pas eu besoin de porter pour se protéger du froid. Un seul manteau léger à franges suffisait.
A chaque fois qu'elle sortirait de l'hôtel, elle enfilerait son héritage. Ainsi même si sa mère ne pouvait pas reconnaître la femme qu'elle était devenue, elle saurait retrouver la trace de sa fille en suivant du regard, les matières, fibres et couleurs de son passé.

La robe longue bleu-nuit qu'elle portait aujourd'hui n'avait rien provoqué chez personne. Aucune femme de soixante ans n'avait jeté, sur elle, de regard attendri. Seule la gêne et l'incompréhension l'avaient suivi. Elle l'avait bien senti. Cette même gêne qui l'accompagnait depuis toujours quels que soient les endroits où elle se trouvait.

Ce soir elle essaierait un autre modèle. Une robe rouge décolletée aux épaules d'un style si démodé que personne n'oserait plus la porter de nos jours.
Si sa mère vivait ici, elle ne pourrait que la reconnaître. Veronica en été convaincu. Elle lui demanderait enfin pourquoi elle était partie. Uniquement *pourquoi*. Et la complexité de son âme s'agencerait alors peut-être en un désespoir harmonieux.

A la lueur de la mélancolie

Quand le vent souffle, il souffle sur tout le monde.
Un souffle de dégout se répandit sur la terrasse de ma chambre d'hôtel où je m'étais réfugié. Le lit sur lequel j'avais retrouvé la mémoire m'avait soudain donné mal au cœur. Un mouvement d'ondulation s'était mêlé aux draps.
Je l'avais quitté, titubant, pris d'un vertige à la limite du malaise. Mon cœur battait vite, trop vite. Je fus envahi par le mal de terre, par une bouffée d'angoisse comme je n'en avais jamais connue. A pleines mains j'avais saisi la rambarde du balcon. Ce premier étage ne me conduirait jamais au ciel, mais je sus au moment où je lâchai la poutre de mon étreinte que je ne pourrais pas aller plus loin dans l'enfer de mes souvenirs. Je me sentais coupable d'avoir eu si peu d'intuition. Si coupable qu'un instant j'en ai moins voulu à ceux qui m'avaient trahi qu'à moi-même.
Un instant seulement. Car un souffle de haine s'éleva si fort en moi et tout autour de moi que je crus le voir se répandre jusqu'au bout du village.

Le temps venait de changer. D'épais nuages gris s'amoncelaient dans le ciel. La nuit semblait tomber alors que nous n'étions que la fin d'après-midi. Quelque chose s'annonçait. Sans doute un orage. Pour l'instant seul le vent soufflait. Je priais pour qu'une rafale vienne emporter le reste de mes regrets. Je ne sentais plus la présence de Jean Morel de la même façon. Il me semblait que plus je me souvenais et moins je lui permettais d'exister. En sortant de sa grotte ma mémoire lavait mon esprit à grandes eaux. Il ne resterait bientôt plus grand chose de celui que j'étais avant de m'enfuir.

Comme pour relier mon corps à mon esprit, je pris une douche interminable avant de me décider à sortir. Même si le mauvais temps s'annonçait, j'avais besoin de marcher pour achever de me calmer et trouver le courage d'affronter la soirée.

Je pris la direction du port. Marcher en direction d'un des points cardinaux du village me permettrait d'ajuster ma boussole interne. J'avais eu raison de m'enfuir, raison de frapper mon père, raison d'avoir pris le nom de Jean Morel, raison de vouloir devenir un autre que moi-même. J'étais sur la bonne voie. Et qu'importe si j'en étais qu'au quatrième jour de ma fuite, il me semblait être parti depuis beaucoup plus longtemps. Seul et sans activités précises, le temps ne s'écoule pas de la même manière. Parfois les minutes me paraissaient durer des heures ou son contraire.
Je fis de grands détours, j'avais besoin de me perdre sur un autre chemin de ballade. Je pénétrais dans les ruelles les plus secrètes du village poussé par une brise de mer dont l'odeur de sel aidait les battements de mon cœur à reprendre un rythme régulier. Je sentis les nausées disparaître.

La lumière continuait de baisser sur la mer. Saint-Briac vivait les derniers instants de sa journée. Quelques commerces étaient encore ouverts. J'aimais croiser ces visages inconnus. J'aimais l'idée que personne ici pouvait me reconnaitre, ni me saluer. Personne ne viendrait me demander comment j'allais. Personne ne me poserait de questions. J'étais un anonyme perdu au milieu des fantômes de marins engloutis par la mer. Moi, fils unique, j'avais trouvé des frères d'infortune. J'avais trouvé ma place au pays des courants marins. Il ne me restait plus qu'à laisser la force des marées décider de mon sort.

Au bout de longues minutes de promenade, je sentis la fatigue monter et le contrecoup de la tension accumulée depuis le matin se répandre à travers mes bras, mes jambes et jusque dans mon cou que je n'avais pas couvert. J'avais froid et frottais mes mains l'une contre l'autre.
Mes nouveaux vêtements ne me réchauffaient pas assez comme si ma peau avait encore besoin d'un temps d'adaptation supplémentaire. Une lointaine rumeur chaude attira mes pas. Au coin d'une ruelle je crus reconnaitre la silhouette de Veronica. Qui d'autre aurait pu porter la robe rouge qui avançait devant moi. Elle avait décidemment l'art de choisir des vêtements qui ne lui allaient pas.
Cette robe n'était pas laide, juste trop rouge, trop décolleté et démodée. De là où je me trouvais l'odeur de naphtaline me piquait les narines. Sa robe m'apparaissait sortie tout droit d'une brocante.
Je n'avais pas besoin de la voir de face pour la reconnaître. Qui d'autre aurait pu avancer devant moi en ayant le pouvoir de faire grésiller chaque lampadaire devant lesquels elle passait. Chacun de ses mouvements provoquait une surtension électrique plus au moins forte selon les émotions qui l'agitaient, palpable pour tous ceux disposés à croire que l'inconcevable était possible.

Veronica déambulait dans les rues examinant tous les visages qu'elle croisait comme si elle cherchait quelqu'un.
Si je n'avais rien su d'elle, j'aurais pu penser qu'elle était en quête d'un objet perdu. Mais je me souvenais de sa confidence. D'un pas lent, elle cherchait celui ou celle qu'elle avait vu, seize ans auparavant. Elle devait imaginer le ou la retrouver immobile au coin du grand bureau de poste. Comme si cette personne n'en

avait jamais bougé. Comme si elle s'était tenue là depuis ce jour attendant que Veronica enfin la reconnaisse.

De ses yeux d'orpheline Veronica ne voyait pas le soleil se coucher. Sa silhouette tournait le dos au feu du soleil qui se noyait dans la mer. Elle semblait plus lumineuse encore.
La peau nue de ses épaules et de ses bras parvenait à éclairer l'obscurité du village. Elle fendait les rues telle une coulée de lave. Sa démarche était si légère que s'il n'y avait pas eu sa chaleur, personne n'aurait su qu'elle était là, si près. Elle avançait sans bruit. Une boule de feu muette marquait le pas au rythme capricieux de ses rêveries.

C'est ainsi marchant l'un derrière l'autre, comme plus tôt dans la journée alors que nous longions la côte, qu'on rejoignit le Brise-Lames. A quelques minutes d'intervalle on entra à l'intérieur à la lueur de notre mélancolie.

Un cocktail pour tous

La porte claqua sous l'effet du courant d'air qui traversa l'établissement au moment où le dernier client s'installa à sa table. Dehors la nuit était tombée et le vent soufflait si fort que son bruit couvrit celle des conversations.

Derrière son comptoir, Samuel, s'activait à la préparation des cocktails. Solange, la jeune auto-stoppeuse de dix-sept ans, assise non loin de lui, coincée à l'extrémité du bar, ressemblait à une statue de sel, pétrifiée par la présence de celui qui ne la voyait pas.

Une petite femme à l'allure discrète était installée dans le recoin le plus sombre ne laissant à la lumière que la vue sur ses pieds qu'elle frottait inlassablement l'un contre l'autre comme si elle cherchait à relancer la circulation de son sang.

A l'extrémité de la salle, un homme venait de s'assoir péniblement. Il fit grincer les pieds de sa chaise comme si il avait eu peur qu'elle lui échappe. La silhouette de cet individu m'était familière. Il me semblait l'avoir déjà vue quelque part. Ce fut lorsqu'il me jeta un regard que je le reconnus tout à fait. Il était celui que j'avais suivi au marché de Dinard plus tôt dans la journée. Son visage étrange affichait toujours la même expression. Celle causée par la dysmétrie de la face due à l'étroitesse de l'ouverture de son œil droit. D'une main il se frottait les yeux comme on le fait parfois lorsqu'une lumière trop vive nous aveugle ou qu'on espère ne plus voir ce qu'on vient de

découvrir. Finalement résigné par le fait que ce geste ne produirait aucun miracle, il laissa tomber son bras le long de son imperméable posé sur le dossier de sa chaise.
De sa poche il sortit une enveloppe qu'il posa quelques secondes devant lui avant de la saisir enfin prêt à l'examiner de plus près. Il semblait aussi surpris de l'avoir reçue qu'anxieux d'en découvrir le contenu. Pris d'un spasme, son œil gauche se mit alors à clignoter. Attentif et fébrile, il parcourut le courrier plusieurs fois de suite comme s'il voulait être sûr d'avoir bien compris ce qui était écrit. Une courte lettre car son regard reprit très vite le début de sa lecture. La tête toujours penchée au- dessus de la table, il se mit à trembler. Silencieusement pour ne gêner personne. De brefs soubresauts électrisaient son corps à l'image de ceux qui agitaient ses yeux.

Comme plus tôt dans la journée il ne se rendait pas compte que je le regardais. Sous l'ombre de ses cheveux lâchés sur son front, je vis une larme couler sur sa joue et venir mourir sur le coin de sa moustache. Son œil gauche pleurait. L'autre restait sec et fermé comme une porte qu'on ne peut plus ouvrir après en avoir perdu la clef.
Près de lui, un petit paquet emballé le regardait avec tristesse. Il semblait ne plus servir plus à rien. Je sentais qu'il l'avait acheté pour quelqu'un qui ne viendrait plus. Plus le chagrin serrait sa gorge plus il disparaissait dans la pénombre du bar. Son corps rapetissait au rythme de ses soupirs. Je m'attendais à le voir disparaître sous mes yeux comme la dernière fois, au marché.
C'est alors que Veronica revint du comptoir avec nos verres posés sur un plateau. Elle n'avait pas pu s'empêcher de prendre en mains la circulation des boissons que Samuel avait préparées. Les réflexes professionnels ont la vie dure. L'homme redressa la tête sur son passage. D'un seul mouvement de hanche, elle tarit la

source abondante de son œil gauche. Sous la présence de la femme en feu ses larmes cessèrent de couler. Encore un autre pouvoir qu'elle possédait. Veronica pouvait aussi sécher les yeux humides et tristes des hommes.
Son regard de flammes avait-il eu le temps de transpercer le papier de la lettre pour en lire tous les secrets. Car l'homme la rangea, d'un coup, au moment même où il but la première gorgée de sa bière.

Lorsqu'elle vint s'assoir à côté de moi, elle aussi m'apparut différente. Sa folie me sembla plus gracieuse encore. D'une grâce infinie que le hasard nous permet de ne rencontrer qu'une seule fois dans sa vie. Une grâce divine descendue du ciel jusqu'à ma nouvelle patrie, jusqu'au pays de ceux qui ne croient plus en rien, ni en personne.

Veronica et moi poursuivions notre façon étrange de nous fréquenter. Depuis notre face à face du premier soir, nous nous étions contentés de marcher l'un derrière l'autre ou de nous assoir de côté. C'est encore une fois l'un à côté de l'autre que nous demeurions ensemble. A peine arrivé et sans même m'enquérir de son avis, je m'étais installé à sa gauche.
Entre nous existait une concordance sensorielle bien plus importante à mes yeux que si je lui avais donné le nom de *relation*. Veronica n'était pas une relation. Je n'entretenais pas de relation avec elle. Il ne s'agissait pas de cela.
Tout à l'heure j'avais quitté ma chambre en me demandant à quel moment ma solitude prendrait fin et je comprenais seulement à présent que je le serais tant que je ne laisserais pas le rythme des marées influencer ma vie comme elles le faisaient.

Toutes les six ou sept heures, ou davantage encore selon l'attraction gravitationnelle de la Lune et du Soleil, Veronica et moi étions faits pour nous quitter et nous retrouver.

A marée haute ou à marée basse, quel que soit le mouvement, ce phénomène naturel nous ramenait toujours l'un à l'autre. Une cadence plus forte que nous-mêmes, au-delà de notre propre volonté et contre laquelle il était inutile de lutter. Une ondulation régulière à l'image du plus envoutant ballottement de la houle en mer.

Peu m'importait si cette femme était folle et dangereuse ou seulement étrange, improbable ou surnaturelle, je venais de décider de m'en remettre au destin et de laisser mes tourments se mêler à sa solitude.

Samuel était aussi doué en l'élaboration de cocktails qu'en composition musicale. Sur un air de jazz signé Erroll Garner qui avait pour titre *The way you look tonight*, chacun des habitués venait, tour à tour, de quitter le bar.

Nous n'étions plus que cinq clients : la jeune fille de dix-sept toujours aussi muette, la petite femme aux pieds serrés dans ses chaussures, l'homme au regard de cyclope, la femme en feu et moi, celui qui ne savait pas regarder devant lui.

Le vent soufflait fort. De grosses rafales parfois se faisaient entendre. La pluie attendue depuis la fin d'après-midi commençait à tomber.

Au moment où Veronica m'annonça qu'elle allait rejoindre l'hôtel épuisée par sa journée, un jeu de cinq éclairs illumina tous les alentours. La lumière fut si forte qu'on crut, un instant, voir le jour revenir. Elle nous éclaira chacun à sa manière. Il me sembla les découvrir, tous, pour la première fois. J'étais seul avec eux. Ils étaient seuls avec moi. Je ne savais plus qui regardait qui.

Puis le tonnerre mêla sa voix impressionnante aux bruits sinistres du vent. Un bruit terrible qui nous fit tous frémir car le bar, d'un coup, fut plongé dans le noir. Quelques secondes qui nous semblèrent durer des minutes. On ne voyait plus rien au dehors. Seul le vent affirmait sa présence. Une lampe de poche à la main Samuel nous conseilla de rentrer car il était préférable de fermer l'établissement.
Il avait connu bien des tempêtes depuis qu'il vivait ici mais ne se souvenait pas qu'un seul éclair ou un coup de tonnerre ait pu, un jour, faire sauter les plombs et couper l'électricité.
A la lueur de sa lampe je regardais Veronica qui fit un non de la tête m'indiquant qu'elle n'y était pour rien. Je la crus.

C'est ainsi, sous une violente bourrasque de vent qu'on sortit ensemble pour rejoindre chacun notre chambre et que je compris que nous logions tous au même endroit.
Tel un goéland marin prêt pour son discours, Thomas, le gérant de l'hôtel, nous attendait, inquiet, derrière le pupitre de la réception. Il écarta grand les bras comme le font les prêtres durant la messe avant de s'adresser aux fidèles. D'une voix calme il nous informa de la « situation exceptionnelle » dans laquelle on se trouvait.
Cette expression me fit sourire. Je trouvais qu'elle convenait parfaitement à tout ce qui se passait dans ma vie depuis quelques temps.
Nous débutions une période de grande marée qui allait durer jusqu'à dimanche, jour de Pâques. Le coefficient le plus important qui portait le chiffre de cent vingt-huit, était attendu pour le lendemain soir. C'était la première marée *dite du siècle*, en l'occurrence celle du troisième millénaire.

Aucun de nous cinq ne comprit réellement ce que cela voulait dire, ni ne mesurait l'amplitude des perturbations et phénomènes qui pouvaient en résulter. On se contenta de pousser un soupir de soulagement au moment où l'électricité fut rétablie. La cause de certains problèmes est souvent due aux réactions décalées de certains êtres humains face à ce qui les dépasse. J'en mesurais une nouvelle fois l'importance.

A la lueur de la lumière retrouvée je reconnus la petite femme aux pieds douloureux comme étant celle observée le matin même de derrière la fenêtre de ma chambre.
Je me souvenais de son manteau rouge. Et à mesure que je détaillais sa silhouette et sa façon de se tenir debout, laissant le poids de son corps se porter d'un côté puis de l'autre, j'en fus certain. Elle avait donc réussi à aller quelque part. Elle n'attendait plus personne puisqu'elle se trouvait avec nous dans le hall de l'hôtel. Son visage rayonnait. Les complications possibles annoncées par Thomas semblaient la remplir de joie. Quelque chose enfin se passait. Quelque chose enfin allait arriver et elle se trouvait là précisément d'où elle voudrait l'observer.
Car à chaque mot prononcé par Thomas elle hochait la tête comme pour signifier qu'elle donnait son accord. Un oui de la tête paragraphiait chacune de ses phrases. Elle était là où elle avait voulu se rendre.

En bon hôtelier ayant une certaine expérience et maitrisant parfaitement les situations les plus incroyables, Thomas poursuivit son explication.
Les marées à fort coefficient sont à l'origine de courants plus forts qu'en temps normal. Leur dangerosité peut être amplifiée par les conditions météorologiques et nous n'avions pas de chance, le mauvais temps allait s'aggraver. Un phénomène de surcote

pouvait subvenir. Pour simplifier, des vagues déferlantes pouvaient s'échouer sur la côte et provoquer d'importantes inondations.

A ce stade des informations transmises je me demandais, légèrement inquiet, ce qui adviendrait des concordances sensorielles qui me liaient à Veronica. Les expressions « vagues déferlantes » et « risques de submersion » me laissaient perplexes. A l'observer s'ennuyer devant ces explications qui n'avaient pas l'air de l'inquiéter, je me dis que rien de bien grave ne pourrait arriver à Veronica. Et le plus grave n'était-il pas déjà derrière moi.

Un plateau repas composé de pain, de vin et de fromage nous attendait chacun dans notre chambre. Inutile de nous tracasser, l'établissement n'avait rien à craindre, il possédait des qualités extraordinaires dont il n'avait jamais cessé de mesurer les effets depuis qu'il le gérait. Comme un père s'adressant à ses enfants, Thomas, alors, nous souhaita bonne nuit en nous appelant chacun par nos prénoms.

C'est ainsi que j'entendis pour la première fois le nouveau prénom que je m'étais choisi. Au milieu d'un fracas épouvantable causé par quelque chose qui venait sans doute de se rompre ou de tomber, j'entendis Thomas m'appeler Jean. Le temps venait de s'arrêter.

Je pouvais encore deviner chaque lettre sortir de sa bouche. J e a n.

Cette syllabe unique arriva jusqu'à moi comme un soupir délesté du poids du passé. Comme une plainte, un sanglot ou un râle lâché par celui qui vient de mourir. Le fils du salaud n'était plus de ce monde. Jean venait de naître sous les rugissements de la mer et du vent. C'était moi Jean.

Jean Morel. Seulement moi.

Je ne pourrai plus revenir en arrière. Ni ici, ni ailleurs.

Je regagnai ma chambre du 1er étage suivi de Veronica, Salvatore, Annette et Solange. Plus personne ne regardait l'autre. Anxieux, triste, enjoué ou indifférent, chacun à notre manière nous prenions congés les uns des autres. Veronica m'adressa un dernier regard comme pour me rassurer. Elle savait que de nous deux et même de nous tous, j'étais le plus faible. Du coin de sa porte qui se refermait je sentis ses yeux de flammes éclairer la part la plus douloureuse de mon âme. Celle qui ne savait plus comment aimer une femme.

A peine arrivé dans ma chambre, une nouvelle angoisse m'envahit sous les bruits inquiétants du vent qui venait de balayer en un seul souffle tout le mobilier de ma terrasse. Collé contre la fenêtre, j'essayai de mesurer les premiers dégâts causés par le début des perturbations de la grande marée. Au-dessus des maisons endormies l'immensité de la nuit régnait. J'imaginais un vol d'oiseaux s'élever à toute vitesse au-dessus de la mer. J'admirais leur force, la rapidité avec laquelle ils essayaient d'échapper aux menaces annoncées. J'enviais leur instinct, leur puissance naturelle en lutte contre les vents et les courants. Si seulement j'avais eu plus d'instinct concernant mon père et ma femme, je n'en serais pas là aujourd'hui. Comme je les enviais de s'enfuir d'un seul battement d'aile avant que le danger ne les gagne.

J'imaginais le dessin du paysage dressé devant moi, la ligne bouillante du ressac, l'importance de la mer qui continuait de rugir et qui peut-être, au milieu des détritus en tous genres, constitués de toutes choses oubliées par les hommes, préparait déjà les linceuls de ceux qui ne pourraient pas s'enfuir à temps et lâcher au large ce qui leur restait de chagrin.

Le spectacle d'Annette

Par le biais des confidences, du hasard, de l'influence de la lune ou du mouvement de la mer, le destin les avait rassembléés là où ils se trouvaient maintenant.
Tous venaient, enfin, de se rejoindre un jour avant la grande marée du siècle. Telles des pierres mal taillées arrivées dans le désordre.
Que feraient-ils des fragments de vérités, de haine, d'amour, de vengeance, de mensonges, de repentir et d'espoirs qui avaient motivés leur fuite ? Voyaient-ils déjà le monde d'une autre façon ? Avait-il suffit de s'éloigner pour ne rien regretter du départ.
Solange ne savait plus. L'œil droit de Salvatore hésitait. Annette certainement pas.

Toute la journée, elle était restée assise devant la fenêtre de sa chambre d'hôtel guettant le retour de son mari.
Thomas lui avait attribué la chambre qui se trouvait juste en face de sa maison et surtout du salon où Georges s'affalait ivre mort tous les soirs. Elle n'avait jamais pu voir sa maison aussi clairement que de là où elle s'était tenue depuis son arrivée dans la chambre.
La façade paraissait aussi triste que les rideaux qui pendouillaient le long des fenêtres. Son jardin d'hiver si dense de l'intérieur ressemblait à un décor de carton-pâte. Ses plantes tropicales à du plastique. Que d'années passées à soigner, entretenir, tailler, laisser pousser ce qui semblait, à présent, ne plus rien attendre de personne.

Ce fut lorsque la nuit tomba que la vérité de sa maison lui apparut complètement. A dix-neuf heures trente précises, comme tous les soirs avant le début de la saison d'été, Georges rentra. Plongé dans le noir, les fenêtres éclairées laissèrent tout deviner de ce qui était, encore hier, son foyer.
Elle le vit titubant passer d'une pièce à l'autre, se heurter contre les murs, claquer les portes, les rouvrir brutalement, glisser en arrière sur le sol, se relever péniblement, hurler, se tenir la tête entre les mains, prendre les escaliers, se tenir muet sur le palier, remonter en sueurs, repartir à droite puis à gauche, hurler encore, renverser une lampe puis une deuxième, chercher à atteindre les plafonniers, les manquer, vomir à genoux sur le tapis de la salle à manger, bousculer la table, jeter le matelas de leur lit dans le couloir, déchirer les draps, vomir de nouveau mais cette fois-ci debout, pisser sur ses plantes, sur toutes ses plantes, une à une, malheureusement peu à chaque fois (Sa prostate!), pour finalement se jeter par terre épuisé, conscient enfin que sa femme était partie.

Annette avait été impressionnée par l'énergie que son mari avait mis dans la destruction de toutes ses affaires, elle ne le pensait pas si vigoureux. Mais elle avait surtout bien ri. Elle n'avait jamais imaginé qu'on puisse voir si bien l'intérieur de sa maison depuis le second étage de l'hôtel. Une révélation miraculeuse qui emplit son cœur d'une joie nouvelle.

La grande marée annoncée ne l'inquiétait pas outre mesure même si parfois les grondements du tonnerre lui faisaient peur. Enfant elle savait déjà que la mer était plus forte que les hommes, qu'il ne fallait jamais se mesurer à elle, qu'il fallait rester humble devant ses plus dangereux et somptueux déchirements. Bien plus impressionnant à vivre que les gesticulations de n'importe quel homme.

Les claques du vent contre les volets de sa chambre la rassuraient presque. Elle avait toujours aimé le changement de temps et surtout les débuts de tempête.

Les habituelles marées *dites du siècle* se succèdent tous les dix-huit ans. Le coefficient de celle annoncée prochainement était inédit. Quelque chose de différent s'annonçait. Annette le savait.

Demain elle irait rassurer le petit homme qu'elle avait vu, au bar, tout à l'heure. Il n'était pas de la région. L'énergie du temps breton avait du le déstabiliser un peu. Lorsqu'il avait commandé sa bière, elle avait cru deviner qu'il était italien à son accent. L'Italie lui semblait bien lointaine.

Y avait-il aussi parfois des tempêtes? Elle comprenait qu'il en soit impressionné. Elle l'avait vu trembler. Qu'était- il venu faire à Saint-Briac? Peut-être vendait-il des chaussures?

Annette n'avait qu'un seul regret. Elle n'avait pas pris d'autres chaussures que celles qu'elle portait. Et ses pieds étaient si douloureux.

La mauvaise mémoire de Salvatore

La pluie semble plus cruelle lorsqu'elle tombe sur un pays qui n'est pas le sien. Salvatore tremblait de nostalgie. Son île lui manquait. Sa tristesse était si grande qu'il craignait de s'allonger sur le lit par peur de laisser une vague encore plus forte l'envahir complètement. Assis sur une chaise près de la fenêtre, il contemplait le ciel à la recherche des étoiles que même l'obscurité électrique ne laissait plus entrevoir. Les nuages trop épais cachaient les constellations qui auraient pu lui indiquer quel nouveau chemin prendre.
Ils les imaginaient s'être éteintes en même temps que le souvenir de sa jeunesse. Elles avaient disparu du ciel au moment même où il lut que Clélia ne viendrait plus.
Dans une courte lettre dénuée de toute émotion, elle lui avait écrit la raison de son absence. Elle ne viendrait pas parce qu'elle n'avait jamais eu l'intention de venir le rejoindre. Trente-six ans après, la vie lui avait offert l'occasion de prendre sa revanche.
L'été de leur rencontre, Salvatore possédait déjà l'excellente santé qu'il détenait encore aujourd'hui et qui ne pouvait plus rien faire pour lui en ce jour d'orage.
Les conséquences de sa mauvaise mémoire venaient de lui couper la force de ses jambes admirables. Pour la première fois de sa vie, il sentit ses articulations douloureuses.
Le temps humide de cette région ne lui convenait pas. Climat trop rigoureux pour sa constitution physique. Certains individus ne doivent leur forme qu'à l'endroit où ils vivent. Qu'aux bienfaits de

leur environnement. Salvatore semblait en faire partie. Un coup de tonnerre dans les lombaires le plia en deux. C'est à peine s'il put se mettre debout pour tenter de rejoindre le lit. Accroché au pan du rideau de la fenêtre, il eut peur de ne jamais pouvoir se relever s'il cédait à l'envie de s'allonger. Le mieux pour lui était de rester debout comme il l'avait toujours été au milieu des tables de son restaurant auquel il ne put penser sans se laisser envahir par une bouffée de nostalgie.

Alors que la pluie redoublait de force, il ne sut plus si le ciel s'obscurcissait encore ou si la lumière devenait invisible pour son œil droit, car il crut, un instant, devenir aveugle.
En un ultime mouvement, et après avoir rassemblé ses dernières forces, il réussit à s'assoir de nouveau sur sa chaise. Les deux mains jointent contre sa poitrine, il se mit à prier. Il demandait au Dieu qu'il connaissait, à tous les Dieux qu'il ne connaissait pas, aux divinités antiques ou celtes, et même à la Lune, de lui pardonner les effets de sa mauvaise mémoire.
Il ne se souvenait pas avoir séduites toutes les filles de Saint-Briac et des environs, peut-être même de Bretagne, cet été-là, comme le lui reprochait Clélia dans sa lettre.
Il ne se souvenait que de vacances éclatantes de soleil et de joie, d'interminables baignades, de couchers de soleil émouvants, de musiques endiablées jusqu'au bout du crépuscule. Mais pas d'avoir manqué aux promesses faites à toutes les filles avec lesquelles il avait couché.

Il avait ignoré le symbole de ses retrouvailles avec Clélia.
Ils s'étaient revus sur l'île de Bréhat. L'île de granite rose aux noirs destins, selon la légende. La punition n'est pas toujours en proportion du délit. Le juge suprême peut avoir la main lourde, une éternité d'enfer pour une brève intention adultère.

Abattu par tant d'injustice, il leva de nouveau les yeux vers le ciel et c'est alors, sous l'impulsion de la vision de la femme croisée au bar, un peu plus tôt dans la soirée, que par la fente de son œil droit une lueur vint de nouveau éclairer son esprit.

Le silence de Solange

Les intentions ne suffisent pas toujours. Même si Solange savait ce qu'elle voulait, la vie n'avait pas l'air de son côté. Depuis son arrivée, Samuel n'avait pas fait attention à elle une seule fois. Comme si elle était insuffisante. Quelque chose en elle ne devait pas encore exister pour qu'il puisse la voir et la reconnaître. Une forme de vie devait lui manquer. Peut-être était-elle trop jeune. Peut-être manquait-elle d'expérience, d'épaisseur, d'âme ou de chair pour qu'il puisse lever la tête et sortir du silence de ses verres. Il semblait si différent de celui qu'elle avait connu l'été dernier. Ses couleurs n'étaient plus les mêmes.

Ses cheveux moins blonds, son visage plus mince comme s'il avait pâti de la longue saison d'hiver. Même ses yeux baissés ne lui faisaient plus le même effet. Jamais elle ne s'était tenue si près de lui. Pour la première fois elle avait osé s'assoir au comptoir, elle n'aurait pas pu être plus près de lui qu'à la place qu'elle avait choisie. Et rien, absolument rien ne s'était produit comme elle l'avait imaginé.

Pas un regard, pas un sourire. Solange ne savait plus quoi penser. Aurait-elle du attendre le retour de l'été pour chercher à le revoir ? Quelques semaines de plus pour trouver enfin quelque chose à dire. Car le plus grand souci de Solange était qu'elle n'avait pas su quoi lui dire.

Et elle se retrouvait coincée dans cette chambre d'hôtel, gaspillant tout l'argent de poche économisé depuis des mois, à écouter la pluie tomber.

La nuit semblait sordide. Ce n'était plus l'été. Le soleil s'était couché trop tôt et trop vite sur le village vidé de ses touristes. Même l'odeur n'était plus la même. Solange ne retrouvait pas le parfum du sable chauffé par la lumière et la saveur caramel-beurre salé des crêpes. Partout cela sentait l'hiver. Elle ne reconnaissait plus l'endroit où pour la première fois elle s'était imaginée vivre la première grande expérience de sa vie. Le village lui paraissait, à présent, bien minuscule sans les rires de ses amis. Sous un coup de tonnerre, le visage de sa mère inquiète apparut. Elle s'en voulait d'être partie sans rien dire, sans laisser de lettre ni le moindre message.

Alors que la force du vent fit trembler les montants de la fenêtre de sa chambre, Solange fouilla dans son sac à la recherche de son téléphone portable. Elle avait reçu quatre-vingt sms de la part de sa mère, de certains de ses amis, trente–trois appels en absence et autant de messages. Elle tremblait à l'idée d'en prendre connaissance.
La tête posée sur l'oreiller, elle regardait le plafond comme le font, dans les films, les prisonniers allongés sur le matelas de leur cellule. Elle s'ennuyait seule dans cette chambre qui n'était pas la sienne. Tout lui semblait triste et le bruit du vent lugubre.

Qu'allait-elle pouvoir faire toute la soirée coincée dans cet hôtel plongé par intermittence dans le noir en fonction du maintien de l'électricité? Elle n'avait pas imaginé un seul instant à quel point la fuite pouvait se transformer en ennui. Pire, la fuite lui parut, en fin de compte, mortellement chiante. En partant sa vie devait

s'enrichir d'aventures en tous genres, de découvertes, de sensations nouvelles. La liberté devait l'entrainer dans les méandres de l'existence où elle aurait cédé à la première tentation dressée sur son chemin. Elle avait imaginé se jeter dans les bras de Samuel dès le premier regard et lui prouver qu'elle était déjà une femme. Mais elle n'avait rencontré que le vide de son regard et le silence au-dessus de son comptoir. Et le plus difficile à admettre était qu'elle non plus n'avait rien à trouver à lui dire. Elle avait passé trop de temps à le regarder, bien au-delà des délais conseillés par l'amour.
Et voici qu'elle comprenait, à présent, plongée dans le noir de cette chambre qu'elle ne vivrait aucun moment d'extase sur ce lit à l'image de ceux qu'elle avait lu dans les livres.

La raison de son départ lui sembla, tout d'un coup, si bête et si futile que seule l'opportunité d'avoir réussi à se débarrasser de sa virginité lui parut satisfaisante. Son envie de Samuel lui avait permis de comprendre que, justement, le plus important n'était pas l'autre en particulier mais son envie en général. Son désir de découvertes demeurait intact. Son envie de tomber amoureuse aussi. Tout cela lui appartenait et même si ses attentes ne semblaient plus se cristalliser sur Samuel, la hâte de les concrétiser était bien réelle. Avec qui que ce soit.

Les flammes de Veronica

La pluie n'avait aucune influence sur le niveau de la température corporelle de Veronica. Ni sur sa puissance électrique. Cependant en ce début de période orageuse elle craignait que l'attraction de la lune sur les courants marins ne vienne accentuer le conflit qui naissait très vite entre elle et un homme dès qu'il tentait de l'approcher d'un peu trop près. La plupart de ceux qu'elle rencontrait s'attachaient aussi bien à son charme qu'à sa mélancolie et à ses pulsions destructrices qui avaient rarement de destinataire précis. On pensait qu'elle s'en prenait simplement à la vie. Où à elle-même. Jamais aux autres. On se trompait.

A l'aube du troisième jour de sa fuite, Veronica était fière de deux choses. N'avoir causé de tort à personne et avoir permis à Jean ou à l'homme qui avait choisi de s'appeler Jean, de sourire un peu. La souffrance de cet homme était à la mesure de ce qu'il avait traversé. Ses confidences sur ce père effrayant l'avaient touchée, même si elle ignorait tout de l'importance d'un père à ses côtés. Veronica n'avait pas connu le sien ni jamais su qui il était.
Pour autant cette question d'identité ne l'avait jamais pertubée durant son enfance. Elle avait grandi sous le regard rassurant de son grand-père. Elle ne s'était jamais posé beaucoup de question sur celui qu'elle considérait n'être qu'un géniteur. Sa mère lui avait juste confié qu'il était suffisament beau pour qu'il soit inutile d'en savoir davantage. Comme on pourrait parler de quelqu'un disparu trop tôt avant même qu'on sache quoi que ce soit d'autre

sur lui. Sa mère n'avait pas eu le temps de voir autre chose de lui cette nuit-là. Un coup d'un soir peut être si bref parfois.

Veronica ne possédait aucune photographie de son père et si peu de sa mère. Sur les quelques exemplaires qu'elle possédait, sa mère se tenait d'une étrange façon. Sur chaque cliché, la même pose : regard teinté d'impatience, bouche pincée, dents serrées. Tout dans son visage rappelait à quel point elle semblait contrariée par l'objectif fixé sur elle ou par celui ou celle qui tenait l'appareil. Aucun sourire sur aucune photo. Aucune démonstration de joie, de bonheur ou simplement de plaisir. Mais aucune indication de tristesse non plus. Juste invariablement contrariée comme si elle était en retard sur sa vie ou sur ce qu'elle voulait en faire.
Sa grossesse non désirée et la naissance de Veronica avaient dû décaler son projet initial. Celui auquel on pense à l'adolescence. Qu'on élabore, planifie et rêve en tous points avant de se prendre, dans la figure, la première baffe donnée par l'existence.
Bien trop tôt, Veronica reçut la sienne. A six ans, deux mois et quatre jours précisément. Le jour où sa mère est partie.
Comment ne pas avoir envie de la rendre ? De gifler la vie à son tour. De lui foutre une bonne correction.

Veronica était toujours une petite fille en colère et oubliait trop souvent qu'à prendre le risque de vouloir casser la gueule à la vie, on ne pouvait que foutre en l'air la sienne.

Si quelqu'un te frappe sur la joue droite, tends lui aussi la gauche, avait dit Jésus en haut de la montagne (Matthieu 5, 38-42). Veronica n'avait pas grandi dans l'amour qui mène au pardon. Cet extrait de sermon n'avait pas pu devenir sa devise. Et pour ne pas perdre l'estime d'elle-même, elle ne trouvait qu'une issue. Céder à la seule tentation aussi imprévisible que violente qui définissait sa nature profonde.

Depuis l'incendie de sa petite valise en carton Veronica avait commis de nombreux crimes. De nombreux feux avaient ravagé les affaires et objets de ceux qui avaient provoqué sa colère. Après le manteau d'une maitresse d'école, le vélo d'une voisine, la voiture d'un oncle, tous les autres eurent pour principaux destinataires des gérants de bars qui n'avaient pas voulu lui payer ce qu'ils lui devaient. Sous ces airs évanescents, Veronica ne supportait pas d'être flouée financièrement. Aussi étrange que cela puisse paraître, en ce qui la concernait chaleur et rigueur n'étaient pas incompatible.
Au final rien de bien grave. Une trentaine d'incendies n'ayant causé que la destruction de biens matériels sans valeur à ses yeux. Par le plus grand des hasards elle ne fut jamais inquiétée par la police ni poursuivie en justice.
Le point le plus sensible de Veronica n'était pas les difficultés qu'elle rencontrait au travail mais sa confiance envers les autres, hommes et femmes quel que soit leur âge. Beaucoup lui avaient menti, beaucoup l'avaient trahie, à commencer par sa mère. Rares ceux qui étaient à la hauteur de sa féroce sincérité, de sa redoutable spontanéité, de sa terrifiante honnêteté. Elle était condamnée à parcourir son pays à la recherche de ce qu'elle ne trouverait vraisemblablement jamais, un regard positif sur elle-même et apaisé sur les autres. Veronica restait une femme en colère. Une femme de feu qui ne supportait pas le mensonge et encore moins l'hypocrisie. Et qui à chaque fois qu'elle était contrariée mettait le feu à ce qui avait provoqué sa fureur. En résumé et tout le monde était d'accord sur ce point, sa vie serait toujours compliquée.

Elle demeurait inadaptée à la réalité des relations définies par l'ordre moral et social du monde.

Aussi perdu, angoissé et désespéré qu'il fût, celui qui avait décidé de s'appeler Jean, l'attirait.
Elle n'avait jamais connu un homme aussi vulnérable que lui, aussi trahi que lui. Il faut parfois apporter des nuances aux qualités et défauts d'un homme. Elle se retrouvait en sa détresse, en l'abus dont il souffrait. L'abus d'un parent sur son enfant par la décision qu'il prend à son encontre. Un abus de pouvoir insupportable à ses yeux.

Alors qu'un éclair déchira de nouveau le ciel, le tableau accroché au mur qui séparait leurs deux chambres, se mit à trembler. Elle n'avait pas encore fait attention à lui. Veronica s'approcha. Le cadre n'accueillait pas une peinture mais une photo signée *Sally Mann* dont le titre était : *The turn* (Le tournant).

Elle voyait un homme de dos tourné vers l'immensité d'un paysage qui semblait se dérober sous ses pieds. Autour de lui s'échappait de la fumée d'une terre infertile d'où plus rien ne viendrait pousser. Le noir et blanc de la photo accentuait l'attitude mélancolique de l'homme dont les bras légèrement écartés de ses hanches indiquaient un mouvement figé dans le temps malgré son élan. Sa jambe droite, tenue en arrière, semblait agripper le sol comme si, elle seule, pouvait encore le maintenir au temps du plus bel âge vécu. Le dessin de son buste, de ses épaules, de son bassin hésitait encore à faire face à ce qui l'attendait déjà un peu plus loin. Un peu plus tard. Un destin d'homme vulnérable.

En écartant les bras, Veronica posa délicatement sa tête contre la silhouette de l'homme immobile. Elle colla son corps contre le mur de sa chambre en appuyant si fort sur ses mains qu'elle crut pouvoir les enfoncer dans le plâtre. Jamais elle n'avait ressenti ce qu'elle éprouvait à présent. Jamais elle ne s'était sentie si proche de quelqu'un, si proche d'un inconnu, si proche d'un homme qu'à ce moment- là, le corps aimanté contre le mur de sa chambre. Son corps nu enfin débarrassé du poids d'une robe qui ne lui allait pas parce qu'elle appartenait à une autre.
Elle ne voulait pas que de l'autre côté Jean ait froid dans la solitude de ses regrets.

Et si l'attraction de la lune et du soleil sur la mer pouvait augmenter l'ampleur de la grande marée du siècle alors peut-être, laisserait-elle les fondations de sa fureur se fissurer et l'eau rompre la plus impressionnante des digues. La peur du bonheur.

3ème partie

Cinquième jour

Le souvenir de la dame blanche

Il était un peu plus de 1H45 du matin lorsque je sentis une forte chaleur m'envahir. Je me réveillai en sursaut. Elle était si forte que ma gorge me piquait. J'avais soif comme si je m'étais endormi au soleil au plus fort de l'après- midi.
Ma tête tournait. J'avais besoin d'air. Le vent soufflait toujours autant mais je ne l'entendais plus de la même façon. Je m'étais habitué au fracas de ses rafales.
Son rythme lugubre s'était transformé en une musique qui ne m'angoissait plus comme si, désormais, elle faisait partie du décor de ma chambre. Je réussis à trouver l'interrupteur de la lampe de chevet et fus soulagé de voir la lumière apparaître. Je n'aurais pas pu supporter cette chaleur dans le noir. L'hôtel semblait calme. Aucune odeur suspecte. Aucun signe d'incident inquiétant. J'étouffais et pourtant aucune goutte de sueur ne perlait sur mon front ni entre mes omoplates. La chaleur oppressait ma poitrine et chaque côté de mes tempes. Elle montait en moi par bouffées, par vagues de plus en plus insupportables à gérer. J'essayais de respirer calmement pour en atténuer les effets.
La fièvre s'était, peut-être emparée de moi, de mon organisme fragilisé par les derniers évènements, vidé de ses anticorps depuis la lutte menée contre mon père. Ou peut-être était-ce ma conscience boursouflée par les remords qui commençait à enflammer mon âme.
Est-ce qu'un fils a le droit de frapper son père jusqu'à avoir envie de le voir mourir. Ce n'était pas de la légitime défense. Il ne m'avait pas menacé de me tuer au sens propre du terme. Si une

plainte était déposée contre moi, je serai condamné. Les circonstances atténuantes ne pèseraient pas bien lourd. Comme toutes les trahisons entre membres d'une même famille que la loi peine à mesurer la tragique importance. Comme si ces délits appartenaient à notre culture antique et que la haine en famille écrite par les grands dramaturges faisait partie d'un héritage auquel personne ne pouvait se soustraire.

Comme il est cruel de se sentir coupable de la haine qu'on éprouve pour celui à qui on doit la vie. Car c'était bien de lui que j'étais né, de son sperme glacial giclant dans le ventre chaud de ma mère. J'ai grandi sans me rendre compte qu'il ne m'avait jamais aimé. Qu'il ne s'en était jamais senti obligé. Et que, peut-être, jusqu'à ce jour personne ne s'en était aperçu.
Car personne ne voit jamais rien du meilleur côté de la bourgeoisie. Mon père avait parfaitement joué son rôle d'homme épaté par la réussite de son fils. Durant mes études et tout au long de ma carrière il n'avait jamais cessé de me complimenter. Personne n'aurait su mieux gérer que moi l'entreprise que j'avais créé, me disait–il souvent.
Ses compliments m'étaient donnés comme des bises sur la joue dans la certitude que personne mieux que lui pouvait déjouer les soupçons.
Et pourtant l'invisible s'était, malgré tout, immiscé dans le cycle de la nature. J'avais fui la paternité sans me rendre compte que je cherchais à fuir mon père. Je n'ai jamais voulu d'enfant. Je ne comprenais rien et pourtant au fond de moi je n'ai jamais voulu prendre le risque de devenir celui qu'il était.
Je n'étais plus son fils. Je n'avais pas eu d'enfant.
En partant j'étais seulement devenu Jean.

A chaque bouffée de chaleur, je prononçais mon prénom. Jean. A haute et intelligible voix. Plusieurs fois de suite, Jean, Jean, Jean, comme une incantation magique pouvant transgresser toutes les lois de la nature.
A court de souffle, la paix régna enfin autour de moi.
Les rafales de vent s'étaient tues, la pluie ne frappait plus contre les vitres de mes fenêtres, la rue imposa son silence dans ma chambre. Je me sentais mieux. Je n'étouffais plus. Mon rythme cardiaque était revenu à la normal. Mon souffle limpide comme s'il n'avait connu aucune accélération.
Au milieu du calme revenu, et alors que je fermais de nouveau les yeux, prêt à me rendormir, un visage parmi d'autres visages affleura à ma mémoire. Le visage d'une dame blanche. Un visage resté à l'intérieur de moi et qui ne m'avait jamais quitté. Un visage comme une étoile filante d'or et d'argent qui me regardait plonger dans le sommeil comme lorsque, enfant, je m'endormais, blotti dans la moiteur des bras de ma mère.

Changement de temps

Le jour s'était levé avec une heure de retard tant les nuages noirs recouvraient le ciel de leur opaque épaisseur.
Aux premières lueurs, Thomas comprit que quelque chose, dans la nuit, s'était passée et avait modifié la dimension naturelle de son hôtel. Contrairement à ce qu'il avait cru, la pluie n'avait pas cessé de tomber depuis la veille au soir.
De violente elle s'était faite sournoise. Une pluie fine avait transformé les rues du village en un miroir d'eau glacé.
La température extérieure avait chuté de dix degrés et se trouvait à un niveau très bas pour la saison. Il ne faisait pas plus de cinq. Un voile de fumée grise sillonnait entre les maisons. Ce n'était plus la brume mais le signe annonciateur d'un changement de temps radical. Malgré l'absence de vent, la tempête s'annonçait. Tous les oiseaux avaient disparu dans la nuit.

D'un tempérament plutôt confiant, Thomas se laissa envahir par le doute et l'inquiétude. Les deux mains serrées l'une contre l'autre contre sa poitrine, il regardait tout autour de lui dans l'espoir de voir apparaitre un rayon de soleil salvateur. Mais le ciel était trop compact pour que quelque chose réussisse à le transpercer. La lourdeur des nuages noirs se répandait tout autour du village et bien au-delà, en dehors de ses murs, jusqu'à venir écraser la mer à en faire disparaitre l'horizon.
Thomas attendait calmement que ses clients se réveillent pour leur exposer la situation. Ses craintes sur une menace encore plus grande que celle annoncée la veille ne pouvaient pas leur rester

cachée ni minimisée. Il leur laisserait le choix de partir ou de rester. Contraindre un client au départ n'avait jamais été dans ses habitudes. Chacun devra prendre sa décision en tout état de cause.

Une tempête s'annonçait le jour de la marée du siècle. Un risque de submersion marine était plus que probable. Il était inévitable.

Bien que n'étant pas situé au bord de la mer à proprement dit, il était difficile d'imaginer une vague se répandre jusqu'aux murs de l'hôtel mais les caprices du temps, sur la dernière année écoulée, avaient prouvé que l'impossible était devenu possible. Que d'incendies et d'inondations avaient ravagé les coins les plus préservés du monde! Déjà fragilisés par leur solitude, ses clients se transformeraient en proies faciles à la merci des déferlantes prêtes à les engloutir en quelques secondes.

Ayant sentie, elle aussi, que quelque chose de différent planait au-dessus du village, Veronica fut la première à venir le rejoindre dans le hall de l'hôtel. Thomas avait demandé à Samuel de faire du pain et de le mettre au four aussitôt levé.

L'odeur s'était répandue à travers les cloisons de l'hôtel et chacune des chambres. Elle s'était glissée sous les portes, avait enveloppé chacun des corps endormis de son incomparable pouvoir leur rappelant à tous l'odeur de leur origine et d'un nouveau jour qui commence.

Annette arriva quelques minutes après suivi de peu par Salvatore. Une énorme valise gisait en bas des escaliers sans que Thomas sache précisément à qui elle appartenait. Jean et Solange restaient introuvables.

Le seul regret

Ma mère est morte au volant de son Alfa Romeo 156.
Elle venait de fêter ses cinquante ans. Sa boite de vitesse était la première à proposer des commandes au volant. Elle remporta même le titre de voiture de l'année 1998.
Ma mère est morte deux mois après l'achat de ce nouveau véhicule, le 19 mars 1999 à 1h52 du matin. Le cadran de sa montre brisée en avait figé l'exactitude. J'avais trente ans. J'étais marié à S depuis deux ans et quelques mois.
J'avais passé ma vie à vouloir que mon père s'intéresse à moi. Et je n'avais pas pris le temps de connaitre ma mère.

De m'intéresser à la femme qu'elle était au-delà de ce que j'attendais d'elle comme un dû à l'image d'un enfant élevé dans la certitude que sa mère l'aimerait toujours quoi qu'il fasse. Ce ne fut qu'à l'aube du cinquième jour de ma fuite que je compris pourquoi le visage de ma mère m'était apparu dans la nuit. Dans la confusion j'en avais oublié les dates. Nous étions un 19 mars. Piètre fils que j'étais devenu.

Pensant que la pluie avait cessé, j'étais sorti faire un tour. En voulant quitter le silence de ma chambre je n'avais gagné que celui de la pluie. Sa finesse était redoutable, je la sentais transpercer l'épaisseur de mes os. Dans l'obscurité du village je déambulais tel un fantôme n'ayant plus personne à surprendre. Au bout de quelques minutes, tremblant de froid, je m'étais réfugié dans ma voiture. J'avais l'impression de revenir au point de départ.

Seul à l'intérieur de moi-même et de l'habitacle du véhicule, les mains posées sur le volant ne sachant quel chemin prendre. A quel moment décide-t-on qu'on n'est plus en fuite? A quel moment sait-on qu'on est arrivé quelque part et qu'il ne sert à rien de repartir ailleurs? Lorsque la fatigue est plus grande que l'énergie de la fuite ? Lorsqu'on n'a plus d'argent ? Lorsqu'on a trouvé avec qui partager le temps qui passe ? Je ne trouvais aucune réponse satisfaisante à mes questions. Alors j'avais décidé de rouler jusqu'à Rennes en attendant que le jour se lève.
J'avais déjà besoin de revoir la ville. Et surtout de m'éloigner de la côte. De la menace du bord de mer. De sa sinistre humidité. Du feu de Veronica. De sa détresse étouffante. De ses robes dépassées.
De l'hôtel de la Houle dont les ondulations avaient fini par me donner autant de vertiges que de nausées.

Et alors que je roulais à pleine vitesse dans le délire de renouer avec les dernières sensations éprouvées par ma mère avant de mourir, je vis de nouveau son visage apparaitre. Son visage triste des deux dernières années.
Des deux dernières années qui avaient suivi mon mariage.
Son regard anxieux lorsqu'elle me regardait. Lorsqu'elle s'asseyait à côté de moi sur le canapé du salon et qu'elle me prenait la main comme si je n'avais pas grandi. Son regard douloureux lorsqu'elle m'embrassait avant de partir comme si c'était la dernière fois qu'elle me voyait.
Combien de temps ai- je connu ma mère ? Entre l'école, son travail, ses sorties, mes études, mes amis ? Combien d'années en tout ? Combien cela représente en tout ? Combien avant que tout change. Avant que sa présence se transforme en absence. Et bien avant cela, que son sourire disparaisse complétement de son visage.

Quelques semaines après mon mariage ce n'était déjà plus la même. Et moi qui avais cru qu'il était normal qu'une mère change après le départ de son fils. Tout le monde me disait que c'était normal, que sa tristesse serait passagère, que les femmes étaient fragiles à cet âge. Plus je roulais et plus je voyais son visage se répandre sur le pare-brise de la voiture comme s'il venait à l'instant d'éclater sous la violence de l'accident. Et c'est alors, au moment où les premières lueurs du jour apparurent qu'une tristesse immense m'envahit à me faire couler des larmes. Je roulais et ne voyais plus rien aveuglé par ma tristesse.

Maman avais tu deviné ? Le savais tu avant de mourir ? Savais tu depuis longtemps que c'était un salaud ? Que ton mari rentrait dans ma chambre pour voir mes petites amies nues ? Avais-tu compris que ton mari couchait avec ma femme ? Maman es-tu morte parce que tu avais deviné ?

Les souvenirs de Veronica

Veronica n'avait pas touché aux thé et tartines servis par Samuel. Elle regardait dehors, la tête légèrement inclinée sur le côté comme si elle reposait encore sur l'oreiller.
Son esprit se promenait à l'extérieur du café, survolait le village, les calvaires et les fermes, les églises et les bourgs à la recherche d'un blouson au bout d'une rue ou d'un rond- point. Jean avait disparu.

La fatigue se lisait sur son visage comme si elle s'était lassée d'elle-même. Ou peut-être était-ce la fatigue de poursuivre le passé et ses secrets. Elle semblait épuisée d'un long travail comme si elle avait dû soulever des pierres trop lourdes pour elle ou apprendre une langue étrangère possédant un autre alphabet que le sien. Exténuée et meurtrie de n'avoir pas réussi à déchiffrer des symboles abîmés par l'érosion du temps, si effacés par endroits que plus rien ne lui permettrait de comprendre ce qui y figurait encore il n'y a pas si longtemps. Elle était arrivée trop tard et ce qu'elle cherchait resterait à jamais invisible à ses yeux.

Le rythme naturel des rencontres avec Jean venait d'être brisé. Cela faisait presque douze heures qu'elle ne l'avait pas vu. La marée était encore basse. Ceux qui s'étaient aventurés au bord de la mer étaient revenus nerveux. L'eau s'était retirée si loin que tous avaient cru qu'elle avait disparue dévorée par l'attraction de la lune. Veronica regardait sa montre avec inquiétude. Dans une

heure ou deux une pluie torrentielle s'abattrait sur Saint-Briac suivie des vents violents annoncés pour midi.
Depuis son arrivée elle ne s'était pas encore promenée le long de la plage. Peut-être rencontrerait-elle Jean au bord de l'écume.

Le long du chemin, elle pensa à sa mère. Aujourd'hui elle n'espérait plus la revoir. Sa mère avait fermé la porte sans la juger digne d'un adieu ou d'une explication. Pourquoi garder en héritage ce qu'elle avait déjà répudié. Son mariage raté avait soulevé en elle un excès de nostalgie nauséabond dans lequel elle s'était naïvement vautrée. En embarquant avec elle une valise pleine des vêtements de sa mère elle n'avait finalement qu'ajouté du poids à sa peine. Elle se regardait, femme, avancer sur le chemin de la plage tenant par la main la petite fille de six ans qu'elle était toujours. Elle n'avait pas grandi. Elle ne grandirait jamais si elle ne décidait pas à pleurer enfin.
Car Veronica n'avait jamais versé une seule larme de sa vie. Grands ouverts sur le monde, ses yeux secs avaient fini par prendre la teinte de sa fureur. Des yeux de bois plus asséchés encore par le feu bouillant de son corps.

Pourtant, bien des fois, elle avait essayé de pleurer.
Elle avait même tenté d'imiter les pleurs du chien de la voisine qu'elle entendait parfois la nuit. Elle aurait voulu que quelqu'un lui apprenne comment verser des larmes pour pouvoir pleurer sa mère comme on pleure une morte. Mais sa mère était juste partie. Elle s'était évaporée la privant de toutes possibilités de saluer sa mémoire à la date anniversaire de sa mort. Aucune date pour venir se recueillir sur une tombe. Sa mère s'était inscrite sur le registre universel des portés disparus sur lequel personne n'était venu pleurer.

Elle avait perdu sa mère, ses grands-parents, leur fille unique. Jamais plus personne ne prononça son nom. Petit à petit même les photos qui trainaient sur les petits meubles du salon disparurent aussi. Chaque année, un cadre supplémentaire était enlevé.
Six ans après son départ alors qu'elle n'avait que douze ans, plus aucune trace ne laissait supposer que sa mère eut même existée. Elle fut effacée de la vie familiale. Plus jamais elle ne fut évoquée jusqu'à ce que Veronica quitte son village.
Pour la première fois de sa vie elle s'installa en bord de mer le temps d'une saison d'été dans un bar et c'est alors qu'elle crut apercevoir la silhouette de sa mère surgir du coin de la grande poste et déambuler dans une des rues étroites de Saint-Briac .
Le souvenir de sa mère s'était rappelé à elle comme une revanche à prendre sur le passé.
La mémoire est créative et plus ancrée dans le présent qu'on l'imagine. Car c'est toujours à partir de lui qu'on choisit, construit, enlève, trie, modifie au gré que des accommodements que l'existence nous impose.
En arrivant sur la plage Veronica ne savait plus où se trouvait la vérité. Aucune démarcation ne séparait la mer du ciel. La ligne d'horizon avait disparu. Devant elle ne se trouvaient plus que mille nuances d'une même couleur. Ce n'était pas l'heure bleue comme on l'appelle parfois lorsque la mer rejoint le ciel dans une seule et même teinte. Ici, à ce moment-là c'était l'heure grise des tourments. D'un gris qui ne sait pas de qui du noir ou du blanc peut l'emporter. L'heure grise de toutes les contradictions humaines. Un gris bouillant qui attend qu'une nuance supplémentaire, une simple touche de lumière vienne enfin lui rendre justice.
La fatigue de porter le destin de sa mère commençait à peser sur son dos. Elle avait besoin d'eau pour atténuer le feu profond de

son corps. Malgré le vent qui soufflait déjà, elle entra dans la mer glacée.

Le baiser d'eau salée (Jean)

J'eus froid d'un coup. Affalé contre le volant de ma voiture que j'avais garé sur le bas-côté de la route, je fus parcouru de frissons. Je n'arrivais plus à rouler aveuglé par mes larmes. J'étais seul au milieu des voitures. A chaque fois qu'elles frôlaient la mienne, elles faisaient trembler les clefs suspendues contre mon bras en un bruit de clochettes qui tentait de me rappeler à l'ordre.

Mais le visage de ma mère me hantait encore. Et la dernière fois où je vis son sourire. J'espérais que sa passion pour la musique avait comblé son existence davantage que son mariage. Avait-elle eu des amants? J'espérais que oui. Qu'ils aient été nombreux ou pas, j'espérais que le genre masculin n'avait pas seulement existé sous les traits de mon père. J'espérais que d'autres bras que les siens avaient enveloppé son corps de caresses, recouvert son beau visage de baisers. Que de nombreux rendez-vous avaient fait battre son cœur à lui faire exploser la poitrine. Qu'il n'y avait pas eu que sa tête contre le pare-brise de sa voiture qui avait volé en éclats. Qu'elle n'avait pas attendu toute sa vie que quelque chose d'autre arrive. Qu'elle n'était pas restée assise à sa fenêtre à regarder la vie défiler devant elle. Qu'elle n'était pas restée longtemps debout sous la pluie guettant la venue de ce ou celui qui viendrait l'arracher aux mains de son destin. Comme la femme que j'avais vue de sous ma fenêtre. Qu'elle n'avait pas attendu en vain avant d'abattre sa dernière carte faute d'avoir pu la jouer.

Maman pourquoi ne l'as-tu pas quitté ? Avais-tu peur de lui ? Etait-il si mal vu du meilleur côté de la bourgeoisie qu'une femme

quitte son mari? Avais-tu peur du regard des autres ? Ou avais-tu simplement envie d'être aimée de lui, de continuer d'être aimée de lui comme le voulaient tous ceux qui l'entouraient. Comme moi.
Pourquoi ne t'es-tu pas enfuie en m'emportant avec toi ? On aurait été heureux tous les deux. Je t'aurais aidé. J'aurais pris soin de toi. Je n'aurais pas laissé le sourire disparaitre de ta figure. Je t'aurais fait rire de mes bêtises ou j'aurais essuyé tes colères mais j'aurais su que tout cela ne venait que de moi, que personne d'autre ne te faisait souffrir. J'aurais su comment me faire pardonner. Car moi je t'aurais demandé pardon. Maman pourquoi ne t'es-tu pas enfuie en m'emportant avec toi ? Je serais devenu un homme à tes côtés. Un autre homme. Je serais devenu l'homme que je ne suis pas.

J'avais passé ma vie à vouloir plaire à mon père et je n'avais pris le temps de connaître ma mère. Et les autres voitures continuaient de faire trembler les clefs suspendues à mon tableau de bord. J'avais si froid. Le ciel était-il aussi gris à Saint-Briac? Car au-dessus de moi d'épais nuages aux couleurs de la nuit assombrissaient le ciel alors qu'il n'était que 9h30 du matin.

J'essayais de me souvenir de mes parents du temps de leur bonheur. Ils avaient dû s'aimer comme on aime à vingt ans. Ils m'avaient eu si jeunes. Alors que j'imaginais l'annonce de sa grossesse, je ne vis que l'angoisse de mon père.
Du fond des entrailles de ma mère, je n'avais pas dû grandir fœtus. Aux yeux de mon père, son ventre avait grossi sous la pulsion d'une masse organique redoutable. J'étais déjà un étranger pour lui avant même le jour de ma naissance.
Chercher des réponses dans les attitudes dont j'avais été témoin durant mon enfance ne me permettrait pas d'en comprendre

davantage. Mon regard n'avait plus de valeur. Il ne pouvait plus rien faire pour moi. Il ne restait plus que la conséquence de ce qui avait existé. Chercher à trier le faux du vrai, le réel du fantasmé, d'analyser ce qui était déjà mort me semblait être une perte de temps infinie devant la grande menace qui planait au-dessus de ma tête si je ne me décidais pas à partir. Il s'agissait plus de réfléchir mais d'agir.

Le froid était si vif que je repris la route le chauffage positionné à fond. J'avais besoin de sentir l'air chaud envelopper mes jambes et remonter le long de mon dos.
J'avais ouvert le haut de la vitre pour qu'un peu d'air puisse circuler dans l'habitacle et chasser l'odeur de poussière brulé qui s'échappait de tous les trous de ma voiture.

Je roulais depuis quelques minutes, lorsque je sentis de l'eau salée pénétrer dans mes narines, glisser le long de ma gorge jusqu'à se répandre au plus près de mes lèvres. Je ne comprenais pas d'où elle venait.

Le baiser d'eau salée (Veronica)

Un air chaud remonta le long de ses jambes alors que l'eau rafraichissait ses chevilles. Debout face aux vents contraires, Veronica ne bougeait plus. Elle laissait la mer baigner ses pieds. Les enduire de l'énergie de son mouvement et de la générosité de son sel. Elle pensait à l'homme qui avait choisi de s'appeler Jean. En entrant dans l'eau elle célébrait son baptême. Elle espérait que, là où il était maintenant, il avait trouvé les réponses qu'il cherchait et surtout un certain apaisement. Un autre roulis que celui de la mer pour continuer de bercer ce qui lui restait de chagrin.

L'eau était glacée, elle n'avait pas froid et ce n'est pas de son corps que cette chaleur venait. Un souffle chaud jaillissait d'ailleurs et caressait sa peau à lui donner des frissons.
Une odeur de poussières brûlée pénétra dans ses narines qu'elle retint le plus longtemps possible avant d'expirer. Doucement elle avançait dans l'eau. Elle la laissa recouvrir ses mollets, ses genoux puis ses cuisses et ses hanches. Ses mains glissèrent sur la surface de la mer puis les bracelets accrochés à ses poignets disparurent à leur tour. Elle caressa son ventre lorsqu'une vague lécha sa taille. Elle laissa encore l'eau recouvrir ses seins, ses épaules et puis encore son cou, son menton et sa bouche jusqu'à disparaitre sous une vague.

Elle n'entendit plus rien. Que le murmure ouaté de la houle.
Un doux balancement l'empêchait de partir plus au large.

Elle ne savait plus à quel monde elle appartenait. Son corps était léger. Ses pensées suspendues au cœur d'une dimension dont elle ne connaissait ni les lois ni les règles délestées du poids de la rancune. Un autre monde que celui qu'elle avait toujours connu. Elle demeurait là où elle avait toujours voulu se rendre. En équilibre entre la terre et le ciel dans l'eau glacée de la Manche. Elle n'avait pas froid. Elle n'avait pas peur. Elle désirait Jean. Et alors qu'une vague bouscula un peu plus fort son corps entre ses rouleaux, elle ouvrit ses lèvres et laissa l'eau salée couler dans sa bouche.

Le baiser d'eau salée (Le retour de Jean)

Alors que l'eau coulait toujours dans ma bouche sans que je comprenne d'où ce liquide salé provenait, je décidai de faire demi-tour.
Le ciel était si noir que je dus allumer les phares de ma voiture. Une nappe nébuleuse venait de recouvrir la campagne. Les nuages bas survolaient la route à une allure impressionnante. Je ne me souvenais pas avoir été un jour témoin d'une course aussi rapide au-dessus de moi.
Un éclair livide transperça le ciel. Il se remit à pleuvoir.
Le vent frappait en rafales contre mon pare-brise. Je roulais au pas, aussi prudemment que je pouvais, en suivant le rythme des voitures devant moi. J'avais quitté Saint-Briac dans un élan que j'avais cru salvateur, et voici que j'essuyais la colère des éléments. Je sentais la voiture se déporter légèrement sur le côté à chaque coup de vent. Il me semblait être un marin à bord d'un bateau secoué par une houle devenue si grosse que je craignais que sa force ne me projette par-dessus la route. Je m'élançais au-devant des vagues de pluie le volant serré entre mes mains. Le visage collé contre le pare-brise aveuglé par l'eau ruisselante d'obscurité. Je fus tenté de m'arrêter sur le bas-côté mais les voitures continuaient de rouler devant moi et j'eus peur de ne pas avoir le courage de reprendre la route si jamais je quittais ce ballet.
L'angoisse s'ajoutait à mon stress. Les mots de l'hôtelier me revenaient en mémoire. Je pensais à sa crainte de voir les déchirements du ciel s'abattre sur l'hôtel et le village.

En continuant de rouler à cette allure j'arriverais à temps. Avant les douze heures qui me séparaient du dernier regard échangé avec Veronica lorsqu'elle avait fermé la porte de sa chambre sur ma solitude.
Du fond de l'habitacle de ma misérable voiture, de sa carcasse de fer devenue ridicule sous la force du vent et de la pluie, je sentis de nouveau l'eau salée se répandre dans ma bouche. Je n'avais plus froid.

Le désir répond parfois à la peur mais je ne ressentais plus aucune crainte non plus. Je ne sentais plus que l'eau salée couler dans ma bouche. Se répandre au fond de ma gorge, descendre le long de mon œsophage, et gagner petit à petit tout le côté gauche de ma poitrine.
J'aperçus alors le panneau m'indiquant que j'étais enfin revenu sur la côte. J'encourageais le vent à souffler encore plus fort pour me transporter d'un coup d'aile au pied de l'hôtel. Un spectacle splendide m'attendait.
Le ciel s'ouvrait puis se refermait, à une vitesse vertigineuse, laissant parfois des percées de lumière inonder le village.
Il ne s'agissait plus d'un violent orage mais d'un temps bouleversé. Tous les mouvements du ciel se confondaient en une danse devenue folle ne sachant plus quel sens imposer. Bien plus au large, loin de la côte, la pression atmosphérique augmentait. Bientôt le ciel emporterait, avec lui, toute l'étendue magnifique de la mer.
Je me garai le plus près possible de l'hôtel et me ruai à sa porte. De la vitre je ne vis qu'une simple note affichée de l'intérieur.

Il s'agissait du dernier bulletin édité par Météo France.
Il disait :

« Une forte activité électrique est observée depuis la nuit dernière. De fortes intensités de pluie ont été enregistrées sur une courte période, entre 20 et 30mn ce qui provoqué des ruissellements, des chutes de grêle et de violentes rafales de vent allant jusqu'à 110km/h localement.

Météo France maintient en vigilance rouge, Alerte tempête et submersion marine, l'ensemble de la Bretagne. Les premiers orages arriveront par l'ouest et concerneront les côtes d'Angleterre et de France, de la Manche et de l'Atlantique, et se concentreront en un phénomène exceptionnellement dangereux sur deux départements : le Finistère et l'Ile et Vilaine. Les perturbations circulent un peu plus vite que prévu dans le précédent bulletin. Les orages violents devraient éclater vers 12H. Combinée à la grande marée d'équinoxe dont le coefficient maximal de 128 sera atteint, cette très forte dépression accompagnée de rafales de vent prévues entre 120 à 180 km/h entrainera une élévation subite du niveau des eaux et provoquera de nombreux phénomènes de submersion marine. Aucun bateau ne doit sortir en mer et il est conseillé de rester éloigner du bord de mer et de prendre toutes les mesures nécessaires pour protéger les biens et les habitations »

Le bulletin ne pouvait pas être plus clair et précis. Diffusé régulièrement sur les antennes radios et les chaines d'informations télévisées, le principe de précaution, cher à notre beau pays, était enfin établi. Personne ne pourrait dire qu'il ne savait pas, qu'il avait vu disparaitre, impuissant, une personne chère à ses yeux. Ce à quoi et ceux à qui on tenait le plus devaient être mis à l'abri, point.

L'hôtel était vide de son gérant et de ses occupants. Je fis demi-tour pour rejoindre le Brise-lames. Ils étaient tous là. Je les voyais de l'extérieur. Tous réunis autour de Veronica. Personne ne remarquait que je me tenais dehors.

Concordance sensorielle

Assise à la table la plus au centre de la grande salle, Veronica ressemblait à une petite fille attendant sagement que quelqu'un vienne la chercher.
Personne n'occupait la même place que la veille à l'exception de Samuel fidèle à l'arrière de son comptoir. Annette et Salvatore étaient assis l'un en face de l'autre. Solange, à ma grande surprise, à côté de Thomas.
Au milieu Veronica rayonnait dans sa tenue couleur du temps. Elle était vêtue d'un simple pull et d'un pantalon gris. Ses cheveux mouillés tombaient de chaque côté de son visage comme si elle sortait du bain. Je fus troublé de la découvrir ainsi. J'eus tout d'un coup l'impression de vivre avec elle. D'avoir passé la nuit à ses côtés. Que j'allais entrer dans notre maison pour que nous puissions partager notre petit déjeuner ensemble. Malgré l'humidité de ses cheveux, elle flambait. Veronica ressemblait à un feu de camp autour duquel tous étaient réunis. Il ne manquait plus que moi. Une chaise vide m'attendait. Et pourtant je restais dehors à la regarder.

La précipitation de mon départ et la lenteur de mon retour n'avaient en rien modifié l'agencement naturel de nos rendez-vous que le hasard, le destin ou la fatalité fixait à notre place depuis le jour de notre rencontre. J'avais décidé de me laisser faire. De ne répondre qu'aux réalités imposées autour de moi. Aux besoins des uns et des autres. De donner sens à ma présence dans ce village.

J'avais besoin de cette femme volcan dont la présence calmait mes angoisses. Et qu'importe si son étrangeté provoquait en moi un trouble parfois difficile à comprendre, ces sensations possédaient la plus grande des vertus, elles étaient nouvelles.

Ces émotions ne correspondaient en rien à ce que j'avais pu vivre jusqu'ici et surtout rien en Veronica, absolument rien, ne me ramenait à celle que j'avais quittée.
Elles n'avaient rien en commun. Absolument rien. Veronica était même son antipode. Elle était une terre australe.
Une île lointaine perdue au milieu d'un archipel dont elle ne maitrisait aucun code social. Une île sauvage inhabitable. Elle semblait seule depuis si longtemps. Exclue de cette forme d'amour que tous les hommes habitués aux femmes plus accessibles, plus présentables, envisagent.
Je ne faisais plus parti de ces hommes-là. J'avais peur que Veronica ait honte de moi, qu'elle me regarde comme le pire des pauvres types que la terre ait porté. Je la regardais comme un petit garçon intimidé par sa puissance féminine. Par quelle force cette femme avait pu venir jusqu'à moi ? Jusqu'à cette terre qui m'apparaissait encore plus prodige sous son ciel de mystère.
J'avais hâte que la tempête se lève, qu'elle me transporte au cœur de ses vents bouleversés et qu'elle me jette dans les bras de celle que je désirais à présent.
Alors que je m'apprêtais à la rejoindre, la porte se referma d'un coup me gardant, malgré moi, à l'extérieur.
Le vent souffla si fort qu'une bourrasque me colla contre le mur de la maison d'à côté. Si fort que je crus que j'allais m'enfoncer à l'intérieur car il ne m'était plus permis de bouger. Au moment où je crus le vent faiblir, une autre rafale m'arracha aux pierres me propulsant alors au coin du carrefour qui menait à la Grand rue.

Malgré tous mes efforts la force du vent me poussait à l'opposé de la direction que je voulais prendre.

Le cœur déchiré je me lançais au milieu de la rue, tel un pantin désarticulé, tiré par un fil invisible. Personne d'autre ne se trouvait dehors. Le vent ne s'en prenait qu'à moi comme s'il me punissait de ne pas être rentré plus tôt. Comme si quelque chose ou quelqu'un m'en voulait d'avoir quitté Saint-Briac et d'être parti naviguer, seul, dans l'océan de mes souvenirs. Je fus projeté encore un peu plus loin quand, d'un coup, les bras du vent me lâchèrent enfin. Allongé par terre, je n'osais plus bouger. Au ras du sol, je ne pouvais guère aller plus loin que là où je me trouvais. Apparemment je valais mieux qu'un bout de plastique.

C'est lourd un corps couché par terre. Je m'en souvenais très bien. Je me souvenais du corps de mon père luttant contre le mien et de celui de ma femme resté debout en équilibre loin du mur du salon. Je m'en souvenais si bien que j'avais peur de me relever. J'avais peur de la revoir. Il me semblait que si je faisais le moindre geste, elle réapparait, là, à côté de moi me dévisageant comme si elle me voyait pour la première fois de sa vie.

Je me souvenais de l'expression de son visage alors que je quittais l'appartement. Une expression transpercée par la violence de l'indifférence. Indifférente à la scène à laquelle elle venait d'assister. Indifférente aux conséquences. Indifférente aux cris de mon père. Indifférente au fils de cet homme qu'elle avait dû aimer.

Comment avait-elle pu être la femme qu'elle avait été durant tant d'années? Comment avait-elle pu désirer un père et son fils, trahir le fils pour le père, pendant si longtemps. J'aurais pu comprendre la pulsion passagère, celle liée au désir charnel irrésistible et irraisonné qui disparaît aussitôt le fantasme assouvi. Mais il ne s'agissait pas de cela. Vingt ans. Il s'agissait d'une liaison de vingt longues années. Vingt ans à mentir. Vingt ans à prétendre être une autre que celle qu'elle était.

Je suis sur aujourd'hui que, pas une seule fois, elle n'a eu l'intention de me quitter. Elle aimait me trahir. Et tous les soirs accueillir et serrer dans ses bras le naïf à qui elle pouvait continuer de mentir.

Mon père et elle étaient de la même race, du même sang. La seule façon pour eux d'assouvir leur pouvoir sur l'autre était de trahir. Et ils m'avaient choisi. Quel homme peut passer vingt ans à ne pas se rendre compte que sa femme couche avec son père. Etait-ce parce que je les aimais trop tous les deux. Trop ou mal ? Lui faisait-il des compliments que je ne lui faisais pas. La regardait-il autrement que moi ? Lui faisait-il l'amour mieux que moi ? Et si finalement il ne s'agissait que de ça.

Très tôt il fut trop tard. Peu après notre mariage nos mains ne s'aventuraient déjà plus sur nos corps de la même façon. Nous partagions un amour épuisé au lendemain de sa naissance. Comme si notre désir avait été un os dont la moelle fut vidée d'un seul coup de langue. Nos étreintes se succédaient d'une manière désordonnée, anarchique. Aucune ne ressemblait à une autre comme si, nous n'arrivions pas à faire connaissance. A deviner les goûts de l'autre, à comprendre son plaisir.
La plupart du temps on se jetait l'un sur l'autre comme si nous voulions rompre un moment de gêne en couchant ensemble. Nous faisions l'amour dans la hâte d'assouvir une pulsion qui n'avait de naturel que son habitude.
Le corps ne ment jamais, je le sais aujourd'hui. Il suffit d'observer comme il se déplace, comment les yeux regardent, comment les

mains touchent ou effleurent, comment les bras serrent ou se retirent.
Je ne me fiais qu'aux apparences. Contrairement à d'autres lits, le nôtre ne fut pas un confessionnal. Un lieu où nous aurions pu nous confier nos secrets, nos fantasmes, nos doutes, nos reproches. Un lieu où nous aurions pu nous prouver notre amour, notre complicité, notre union comme il l'est pour tous les couples qu'ils soient légitimes ou pas.

Il ne fut qu'une estrade sur laquelle s'était jouée une sombre comédie. Un lieu où nous avons passé vingt ans à nous mentir.
Et aujourd'hui je m'inclus dans ce mensonge puisque je n'ai pas voulu voir ni comprendre. Je continuais de croire que j'avais fait le bon choix. Aucune remise en question ne fut possible. On disait de moi que j'étais un veinard. Que j'avais eu de la chance d'avoir épousée une femme comme la mienne. Aux yeux des autres mais aussi des miens, nous formions un joli couple uni par des ambitions communes. Nous faisions partis de ces êtres qui avaient choisi celui et celle dont ils étaient tombés amoureux. Et j'étais certain d'avoir eu raison.
Une chose, pourtant, aurait dû m'avertir que je me trompais. Nous ne couchions jamais ensemble deux fois de suite. Une seule fois suffisait. Nous rassurait. Nous rassasiait. Et à chaque fois tout de suite après elle me tournait le dos, ou se levait pour boire un verre ou ouvrir la fenêtre. Je voyais en cette fois unique, l'expression d'une sexualité normale puisque régulière. Nous couchions ensemble presque tous les jours. Je ne me souviens pas qu'elle m'ait dit une seule fois qu'elle n'avait pas envie. Lorsque je demeurais loin de chez nous pendant trop longtemps, occupé à mes affaires, elle se jetait sur moi dès mon retour me laissant à peine le temps de me rendre compte que j'étais rentré. Que j'étais revenu près d'elle. Près de la femme que j'avais choisie d'épouser.

Et je me retrouvais, là, vingt ans après, allongé en travers de la Grand rue de Saint-Briac- sur- mer. Je pouvais encore sentir son odeur. Une odeur âcre que je ne lui avais jamais connue. Couché sur le trottoir, je la devinais entre chaque pavé. Cette odeur qui avait envahi mon âme lorsque j'étais passé à côté d'elle, le jour où j'étais parti, et qui soulevait mon cœur à chaque fois que j'y pensais. Une odeur à la tiédeur nauséabonde proche de celle de pisse ou de vomi. L'odeur de notre rejet.
Comme si le ciel avait entendu mon dégout, il se mit à pleuvoir. Je ne pouvais plus me cacher dans l'habitacle de ma voiture. Je laissai l'eau se répandre sur mon corps et rafraichir mon visage. J'ouvris les yeux et d'un coup le monde réapparut devant moi. Différent de celui qu'il était il y a quelques minutes encore.

Le ciel venait de rencontrer la mer. Il pleuvait de l'eau salée. Une eau dense et lourde, chargée de particules volées au sein des couches de sédiments qui couvrent les fonds marins, à l'image de celles qui avaient emprisonnées, pendant si longtemps, chaque strate de mon esprit, s'abattait enfin sur moi.

Encouragé par le vent qui venait de changer de direction, je n'eus que quelque pas à faire pour me retrouver de nouveau devant la porte du bar. Personne n'avait bougé. Veronica m'attendait. Elle regardait la chaise vide placée devant elle comme si je m'y trouvais déjà. Sans l'avoir voulu je me présentai à elle dans la même tenue que celle qu'elle avait encore. Les cheveux trempés. Elle sourit à ma vue.

Avant que la tempête se lève

Avant les orages, un moment d'accalmie avait régné au- dessus du village afin que chacun puisse décider du sens à donner à sa journée. Un temps pour choisir comment l'occuper et un temps pour changer d'avis au cas où l'intention première n'aurait pas été la bonne.

Les plus âgés avaient pris leur petit déjeuner ensemble, assis l'un en face de l'autre, sans se soucier des prévisions météorologiques. Annette n'avait aucune envie de rentrer chez elle, de retraverser la rue sur les pavés mouillés, elle était certaine de tomber avant même d'atteindre sa porte. Ses jambes seraient moins agiles sur le trajet du retour. Elle resterait dans sa chambre d'hôtel à regarder la pluie drue se déverser sur sa maison. Elle n'avait pas vu son mari partir. En ce jour de tempête, s'était- il, malgré tout, rendu à sa boutique pour consolider la vitrine de son magasin et protéger l'ensemble de ses bouteilles. Surement. Elle ne prendrait pas le risque de sortir pour autant. Car Annette ne savait pas qui de Georges ou du vent était le plus à craindre.

Lorsque Salvatore s'était installé à sa table Annette lui avait adressé son plus beau sourire. Dans un français élémentaire, souvent même enfantin, ils réussirent à communiquer ensemble. Elle employait des mots simples, lui des mots courts. Naïvement elle rajoutait parfois, la lettre o ou a lorsqu'elle se prenait à vouloir parler italien. Même s'il trouvait cela charmant, il la rassura sur la maîtrise de son français. Cet échange ordinaire était nourri par deux personnes n'ayant en commun qu'un temps que chacun n'avait plus envie de perdre.

Annette comprit que Salvatore ne vendait pas de chaussures et qu'il était venu ici pour le plaisir de revoir une région qu'il avait connu autrefois. Il se garda bien de lui révéler la raison exacte de sa présence.
Annette fut plus franche. Et puis selon elle, elle n'avait jamais eu beaucoup d'imagination. A sa grande surprise Salvatore apprit donc qu'Annette avait fait un voyage plus court que le sien se contentant de laisser son mari seul dans leur maison située en face de l'hôtel. Il en fut si étonné qu'il s'étrangla un peu en avalant sa tartine. Il ne sut pas quoi penser de cette révélation. Dans un premier il en fut gêné. Cela le renvoyait à lui-même.
Il imaginait sa femme seule dans leur maison. Il se demandait ce qu'elle avait fait après son départ. Si elle avait ravagé leur maison et saccagé ses affaires. Un moment d'incertitude qui ne dura que quelques secondes car très vite il fut convaincu que sa femme avait eu mieux à faire. Elle n'avait jamais été colérique et surtout il lui avait laissé la gestion entière de leur restaurant. Il l'imaginait si débordée qu'elle ne devait déjà ne plus penser à lui, même si cela ne faisait que quelques jours qu'il était parti. A cette idée, une pensée émue l'envahit. Il ne voyait pas d'autre issue que repartir d'où il venait. Rien ici ne pourrait le retenir. Et pourtant il savait que revenir dans son village n'était pas forcément la meilleure solution. Le déshonneur n'était pas loin. Il l'attendrait, à la porte de la ville, prêt à lui foutre une raclée. Il devait imaginer quelque chose qui lui permettrait de revenir la tête haute.
Si seulement il n'avait pas fait l'erreur de prévenir de son départ. Tous auraient pu croire à une disparition inquiétante ou mieux à un enlèvement. Il aurait pu revenir en disant qu'il avait réussi à s'enfuir. A s'échapper des mains de ses geôliers. Il serait revenu

en héros. Ou alors il aurait pu simuler un accident malheureux qui l'aurait rendu amnésique. Il dirait qu'il ne se souvenait de rien sauf de l'amour porté à sa femme. Loretta était une incorrigible romantique. Il était certain que cela lui aurait plu et qu'elle n'aurait jamais cherché à connaitre la vérité. Comme il avait été idiot de laisser une lettre au moment de son départ!

Au moment où Annette confia la raison de sa présence à l'hôtel, elle s'en voulu. Salvatore avait l'air d'un homme raisonnable et devait la trouver culottée d'être partie sans avoir laissé de mot. Elle voyait bien qu'il avait l'air contrarié. Son œil droit clignait vite comme s'il était pris de panique. Elle se sentait rougir comme une enfant après avoir fait une bêtise. Alors pour ne pas gâcher ce premier moment elle saisit la main de Salvatore en souriant.
Salvatore fut bouleversé de sentir la main d'Annette prendre la sienne. Les spasmes de son œil cessèrent, comme par miracle, apaisés par ce moment de douceur inattendue. Il sentit son cœur s'emballer. Il en fut si ému qu'il saisit à son tour la main d'Annette.
Envahis d'un trouble bien plus important que celui provoqué par les vents tourbillonnants dans les rues, leur attention se dilua peu à peu. Ils ne virent pas Veronica revenir de la plage les cheveux trempés par l'eau de mer qu'elle n'avait pas pris le temps de se sécher. Ni remarquer que Solange était installée à côté du gérant de l'hôtel et encore moins eurent l'occasion de comprendre ce qu'elle faisait avec lui.

L'imagination ne console pas toujours. Solange n'espérait plus trouver le bonheur amoureux dans ce village plongé dans l'ennui de la fin de l'hiver. Sa hâte s'était retournée contre elle. Ne pas attendre les prochaines vacances avait été la première erreur de sa vie. Elle rêvait de regagner Paris aussi vite qu'elle en était

partie. Elle rêvait de s'enfuir de l'endroit vers lequel elle était venue se réfugier. Quelle absurde situation. Plus absurde encore par ce temps épouvantable qui l'empêchait de rentrer.
Pourtant dès l'aube elle avait essayé. Elle avait vu Jean sortir de l'hôtel au moment elle s'était approchée de sa fenêtre. Il se dirigeait vers sa voiture. Et alors qu'elle essayait de le rattraper, après avoir dévalé à toute vitesse les escaliers, elle le vit disparaître sous ses yeux. Il ne vit pas la jeune fille de dix-sept ans gesticuler dans tous les sens, tenue par le fol espoir de se rappeler à lui.
Sous la pluie fine et sournoise, son sac de voyage accroché à son bras, Solange se mit à pleurer. Il n'y avait pas que Samuel qui ne la voyait pas. Même Jean, pensa-t-elle. Même celui qui s'était arrêté au bord de la route pour la prendre en auto stop avait préféré cette fois-ci s'en aller sans elle. Par ce temps merdique, aucun chauffeur enregistré dans l'application de son téléphone n'avait envie de se rendre disponible, non plus.
Quelle poisse. Quelle idée pourrie elle avait eu de vouloir venir ici. Si seulement il y avait eu d'autres filles ou garçons de son âge. Elle aurait pu se consoler autrement. Ils auraient au moins pu parler ensemble. Qui ici pouvait la comprendre ? Rien ni personne ne semblait exister dans ce village paumé qu'elle commençait à détester.

Accablée de honte elle n'avait répondu à aucun message laissé par ses proches. En rentrant elle ne dira rien de sa courte présence ici. Surtout à ses amies.
Elle inventera un mensonge. Qu'elle était restée plusieurs jours en compagnie d'un garçon rencontré au cours d'une soirée. Qu'il ne vivait pas en France. Qu'il était de passage. Qu'il vivait loin, très loin. En Amérique du Sud ou en Asie, peut-être même en Nouvelle Zélande. Qu'elle avait vécu les plus beaux jours de sa vie. Qu'elle

n'avait pas voulu passer à côté parce qu'elle avait su ce qu'elle voulait dès qu'elle le vit. Qu'elle n'avait pas pu appeler ses parents ni ses amies parce qu'elle n'avait pas vu le temps passer. Elle rentrerait chez elle en disant qu'il ne lui semblait être partie qu'un seul jour, une seule nuit. Qu'elle avait complétement perdu la notion du temps. Que quelque chose d'incroyable lui était arrivée qui l'avait empêché de revenir plus tôt. Qu'elle était désolée de les avoir inquiétés. Qu'il ne fallait plus en parler puisqu'elle était revenue.

Et elle se trouvait là, dehors, sous la pluie, son téléphone portable à la main qui venait de lui annoncer qu'aucun train ne partirait de Saint Malo pour Paris à cause de graves avaries survenues sur les voies dans la nuit.
Au moment où elle eut envie de hurler, de crier sa rage d'être venue se perdre dans ce village maudit, Thomas sortit de l'hôtel.

Terra nostrum

Tous les bateaux n'émettent pas les mêmes sons. La force du vent et du roulis déterminent qui du gémissement ou du cri l'emportera. Lorsque la tempête se déchainera tous les bruits passionnés de la terre s'élèveront en même temps dans un fracas hypnotique. Petits ou grands, les bateaux encore amarrés au port subiront les affres de la grande marée dans un déchainement de grincement, de sifflement, de hurlement, de craquement, de grondement, de plainte sourde ou aigue, de frémissement, de cris, de ronflement, de bruits secs ou lourds, et de frissons indicibles qui envahiront le corps et l'esprit de tous ceux qui en seront témoins.
En cette semaine sainte, le mot passion ne pouvait pas mieux porter son nom. Nous étions le vendredi précédant le dimanche de Pâques et le jour voulait déjà se coucher alors qu'il n'était que midi.

La mer grossissait. De grise elle était devenue noire. De fines particules s'étaient répandues dans l'eau nées d'un volcan sous-marin inconnu des hommes. Une eau dense et menaçante s'avançait doucement, transformant à chaque mètre parcouru, la moindre vaguelette en crochet. Un mur liquide d'eau de ciel et de mer se formait peu à peu, prêt à s'abattre de toute sa hauteur sur le petit village de pêcheurs.
Il ne s'agissait plus de rentrer chez soi et de fermer ses volets mais de rester humble face à ce que personne ne pouvait combattre.

La nature ne pardonne jamais aucun outrage, elle se venge.

L'homme ne contrôle que son semblable. Il n'y a qu'à lui qu'il peut mentir. Il n'y a que lui qu'il peut trahir. Il n'y a qu'à lui qu'il peut faire croire ce qu'il n'est pas. Il n'y a qu'auprès de lui qu'il peut espérer recevoir le pardon. Et pourtant certains hommes ont tort de croire que la rédemption peut venir d'autre chose que d'eux-mêmes. Parfois rien ne peut venir à leurs secours. Ils sont seuls. Plus rien ni personne pour les consoler. Pas même la lumière, l'eau, ou la terre.
Et encore moins l'endroit où ils se trouvent. Où ils se cachent, où ils s'abritent, où ils se protègent du froid, du vent et des autres.
Nostri marris, notre mer à tous, était là pour y veiller.

Chacun des résidents de l'hôtel avait regagné sa chambre. Ensemble ou séparément. Le bar venait de fermer.
Plus personne ne se trouvait dehors à l'exception des chiens errants et des hommes imprudents qui, sous la violence des eaux, se transformeront en poissons, en méduses, ou en planctons pour les plus vaniteux d'entre eux.

Pour la plus grande satisfaction du gérant de l'hôtel, aucun de ses clients n'étaient partis. Qu'ils l'aient souhaité ou pas, ils se trouvaient encore là où ils avaient décidé de venir.
Rien ne vaut un imprévu pour conclure un voyage.
Au petit matin il avait entendu Jean sortir de l'hôtel et plusieurs minutes après quelqu'un courir dans les escaliers. Ces départs soudains étaient une habitude qu'affectionnaient certains résidents de l'hôtel. Ils partaient précipitamment tenus par l'irrésistible besoin de s'échapper encore. Car tous ne fuyaient pas quelqu'un ou quelque chose, la plupart n'étaient finalement qu'en quête du plus profond d'eux–mêmes.

Le désappointement de la jeune Solange l'avait touché. Thomas n'avait pas été surpris de la découvrir dehors au petit matin essayant d'échapper à son erreur. Il avait calmé sa colère contre elle-même en lui proposant de lui apporter les réponses nécessaires à la compréhension de la situation. Il avait bien observé les regards, emplis d'espoir, adressés à Samuel et l'indifférence criante de ce dernier à son égard. Autour d'un café chaud qu'ils avaient partagé ensemble, il la rassura sur le fait qu'elle n'y était pour rien. Qu'il ne fallait pas qu'elle remette en question la jeune fille séduisante qu'elle était.

Beaucoup d'entre elles revenaient après la saison d'été, avec pour tout bagage le désir de revoir Samuel dont l'indifférence pour la gente féminine semblait être un atout redoutable. Les filles aiment tant les garçons qui ne les regardent pas. Samuel n'avait rien contre elles, il préférait juste les garçons. La seule erreur qu'elle avait commise avait été de le regarder trop longtemps, bien au-delà des délais conseillés par l'amour. D'avoir laissé l'imagination prendre le pas sur le plus important.

Il est souvent risqué de rêver à quelqu'un qu'on ne connait pas. D'espérer que celui qu'on regarde nous verra à son tour de la même façon. Simplement en tournant la tête.

En quelques phrases elle aurait compris que Samuel n'était pas fait pour elle, si seulement elle s'était donné la peine de les échanger avec lui, au cours de l'été passé.

Pourquoi était-elle restée silencieuse si longtemps? Pourquoi avoir cru qu'un garçon indifférent pouvait être secrètement intéressé? Quelle curieuse association d'idées. Rare sont les hommes qui ne partent pas à la conquête d'une femme qui les intéresse.

Solange avait réfléchi longuement à cette question en buvant son café par petites gorgées. Elle en voulut même un deuxième pour se donner plus de temps dans l'analyse du pour et du contre. Ce sujet devrait être donné à l'examen du baccalauréat pensa-t-elle. Toutes les filles devraient commencer par là. Par réfléchir à ce dilemme avant de se lancer à l'assaut de l'amour.

Le chuchotement du vent fut de bon conseil. Thomas fut soulagé d'entendre qu'elle ne regrettait plus d'être venue ici. Qu'elle ne s'était pas enfuie pour rien. Qu'elle venait de comprendre que se tromper n'était pas forcément faire une erreur. Qu'elle avait appris quelque chose qu'elle ne savait pas. Qu'elle ne regarderait plus jamais un garçon aussi longtemps. Qu'elle ne prendrait plus jamais quelqu'un pour ce qu'il n'est pas. Qu'elle essayerait du moins. Qu'elle savait qu'elle n'était qu'au début de sa vie amoureuse, de sa vie tout court. Qu'il lui faudrait encore apprendre sur les choses de l'amour. Qu'elle avait toute la vie devant elle. Elle avait cru savoir ce qu'elle voulait. Elle s'était trompée et n'avait plus aucun regret. Tout cela était même un cadeau.

Elle venait de gagner un temps précieux sur l'apprentissage de la vie. Prête à supporter les affres de la tempête, à laquelle personne ne pouvait échapper, Solange regagna, seule, sa chambre.

Seuls à deux

Annette et Salvatore ne voulaient pas gâcher le temps qu'il leur restait à le perdre à se tenir la main. C'est ensemble qu'ils regagnèrent la chambre d'Annette. Elle voulait lui montrer sa maison de l'autre côté de la rue.
Assis sur le lit du côté le plus proche de la fenêtre, elle lui raconta les grands évènements qui avaient jalonnés son existence depuis qu'elle y vivait. La naissance et l'éducation de ses enfants, les années consacrées à sa vie de famille, la lente agonie de son mariage, la brutalité de son mari, sa violence verbale qu'elle ne craignait plus aujourd'hui.
Puis elle lui décrivit son jardin d'hiver et l'une après l'autre chacune de ses plantes. Elle regrettait de ne pas avoir de jumelles pour qu'il puisse les contempler de plus près car on ne les voyait plus de l'extérieur. Peut-être avaient-elles déjà dépéries sous son absence ou l'urine alcoolisée de son mari, avait-elle conclu à regret.

Salvatore l'avait écoutée avec attention. Légèrement surpris par sa dernière confidence. Même si elle lui apparaissait aussi ouverte d'esprit que lui, il ne lui confia rien de sa vie. Ou si peu. Quelques légendes sur son île, quelques détails sur son restaurant suffirent à leur échange. Lui en dire davantage l'aurait obligé à mentir. Il n'avait pas envie de la décevoir. Il n'avait pas envie de lui dire qu'il était arrivé ici pour retrouver une autre femme puisqu'il venait de la rencontrer, elle Annette.
On ne séduit jamais une femme en lui parlant d'une autre. Il le savait depuis bien longtemps. Finalement il n'avait eu rendez-

vous qu'avec lui-même puisque son vieux souvenir n'était pas venu le rejoindre comme prévu.

Qu'importe le prix à payer en rentrant. Il trouverait bien, le moment venu, un moyen pour qu'il ne soit pas trop élevé. En espérant que la tempête lui en laisse l'occasion. Car dehors le déchainement des vents avait déjà modifié la composition du paysage dressé devant lui. La façade de cette maison lui paraissait plus lointaine que là où elle se trouvait auparavant. Moins réelle. Chacune de ses pierres semblaient être devenues creuses ou légères comme si elles s'étaient transformées en carton ou en papier. Peu à peu cette maison se réduisait en un simple décor vidé de ce qui constituait son âme et sa force.

A l'image d'un couple contemplant un tableau d'un genre nouveau, Annette et Salvatore assistaient, impuissants, à la lente dilution des lignes et des couleurs de ce qui se trouvaient devant eux. Chaque bourrasque de pluie glacée effaçait, peu à peu, chacun des contours de la maison.
Elles dévoraient ses fondations une par une, grignotaient méticuleusement chacun de ses côtés, tel un poisson dévoré à pleines mains, à pleines dents à en faire disparaitre chacune de ses arrêtes.
Dans un premier temps Salvatore crut que cette vision étrange était due à l'insuffisance de son œil droit mais Annette voyait bien la même chose que lui. Sa maison semblait disparaitre sous ses yeux. Sous leurs yeux. Sous les yeux d'une femme et d'un homme qui ne se connaissaient pas. Assis l'un à côté de l'autre dans une chambre d'hôtel, plongée dans le noir de midi, ils entrelaçaient leurs doigts à se broyer la main.

La teinte originelle

Sous un coup de tonnerre, le ciel déversa toute la pluie conservée en son sein, depuis plusieurs jours. Il avait attendu que des âmes pitoyables se lamentent avant de décharger sur eux son eau cruelle ou charitable.
Les incertitudes du ciel n'ont d'égal que celles des humains.

Dans un déchaînement de ronflement et de hurlement, il laissa les vents regonfler les voiles des bateaux restés à quai. Celles-ci se défirent de tous leurs plis et de leurs nœuds pourtant serrés au plus fort des bras des hommes, déchiquetèrent leurs cordes et s'envolèrent au plus haut, au-dessus des maisons, comme des bêtes folles tout droit sorties d'un autre monde.
Aussi agiles que méchantes, elles glissaient le long des rues, faisant croire à leur faiblesse, pour regagner de la force en s'abattant encore plus cruellement contre les fenêtres. Les anneaux métalliques de chacune des voiles brisèrent les vitres de celles les plus exposées à leurs rages. Comme possédées d'un flair infaillible, elles rampaient sur le seuil des portes de toutes les maisons à la recherche de celles qu'elles voulaient voir englouties par les prochains déferlements d'eau de mer.

Telles des raies manta gigantesques, les voiles, constituées d'une matière forgée pour résister aux vents les plus violents, laissaient leurs ailes se déployer de toutes leurs envergures. Le ciel s'obscurcissait à chacun de leur passage. Dans un craquement épouvantable elles arrachaient les volets, soulevaient les rideaux de fer des magasins, giflaient les réverbères, tous pensaient que rien ne pourraient les éloigner de Saint-Briac . Elles semblaient avoir choisi ce village certaines de dénicher ce qu'elles étaient venues chercher. A pleine vitesse elles abandonnaient la mer pour épouser le ciel. Elles avaient quitté les bras de l'eau, s'étaient arrachées des mats de chacun des bateaux, pour s'élancer dans le ciel, prêtes à réunir ceux qui hésitaient encore à l'être.

Bien avant que les voiles se déchainent, Veronica avait compris. Le vent souffla à l'intérieur de sa poitrine lorsqu'elle vit Jean entrer dans le bar. Personne n'aurait pu s'assoir plus près d'elle qu'au moment où il saisit la chaise qui n'attendait que lui.
Son expression n'était plus la même. Quelque chose avait changé. La teinte de sa mélancolie s'était assombrie à l'image du ciel lorsqu'elle était revenue de la plage. La lassitude se mêlait au chagrin. Il semblait épuisé par ses souvenirs. Tout comme elle, exsangues après des heures et des jours plongés dans les secrets nébuleux du passé.
Ses lèvres étaient blanches d'avoir trop tremblé. De ne pas avoir pu s'ouvrir pour laisser échapper sa colère.
Car il lui confia ses pensées. Il lui parla de la jeune fille de dix-sept ans, de sa mère, de ce qu'il se savait être vis-à-vis de son père. Finalement le frapper n'avait pas suffi.
Il aurait voulu lui crier à la gueule tout ce qu'il venait de comprendre. Il aurait aimé lui faire peur. Lui faire mal n'avait pas suffi. Il aurait voulu l'entendre le supplier de se taire. Le sentir essayer d'empêcher son fils de lui hurler sa haine. Son père avait si peu lutté. Si rien dit. Il manquait les mots cruels aux plus minables gestes de la terre. Ce combat muet laissait Jean abattu.

Comme les nuages emportés par le vent, Veronica leva la main vers son visage. Délicatement elle la posa contre sa joue. Sa barbe avait encore poussée. Elle recouvrait son visage comme de la terre jetée sur du marbre clair.

Il était si pâle. Dans un geste las, il ferma les yeux.

Sa respiration était lente comme s'il allait rendre son dernier souffle. Veronica puisa, alors, au plus profond d'elle-même, ce qui lui restait de puissance et de chaleur. Elle voulait le sentir revenir à la vie. A sa vie. A sa seule vie.

Peu à peu, sous la pression calme de sa main, le rose envahit de nouveau l'ensemble de son visage. Jean n'était plus livide. Il resta ainsi, encore un moment, immobile, le regard baissé, puis doucement il lui prit la main pour la porter à sa bouche. Il lui lécha la paume à la recherche d'un fluide magique ou mystique caché entre la ligne de cœur et de vie dont les pouvoirs viendraient guérir les blessures de son âme.

Veronica avait conservé tout son pouvoir de prédiction. Il ne fallait pas qu'elle bouge. Qu'elle laisse les autres résidents de l'hôtel regagner leur chambre. Samuel baisser son rideau de fer. Par une porte de secours, elle saurait retrouver son chemin.

Jean ouvrit de nouveau les yeux. Comme s'il les ouvrait pour la première fois. Leurs iris s'étaient colorés d'une nuance nouvelle. Un bleu clair dépourvu de mélanine qui n'appartient qu'aux nouveaux nés. Un bleu originel encore préservé de l'influence des gênes. Jean avait retrouvé sa teinte primaire. Celle qui lui avait appartenu, les trois premiers mois de sa vie, avant de disparaitre sous le poids génétique de ses ancêtres.

La main de Veronica toujours contre la bouche de Jean, ils se regardaient sans se parler. Avidement il continuait de lui lécher la peau. Sous la chaleur mystérieuse de cette paume, lentement Jean opérait sa mue.

Le dernier souffle

A l'image d'un conseil ou d'une assemblée composée de grands sages venus des quatre coins de la terre, tous les vents s'étaient réunis au-dessus du petit village.

Il aurait été plus commun de parler du vent au singulier, de nommer celui qui souffle habituellement sur cette région, et nul autre, cependant en ce jour de marée inhabituelle, ils étaient bien pluriels. Des vents s'entrelaçaient dans le ciel assombri par leurs étranges présences.
Certains encourageaient les nuages à laisser toute l'eau, retenue en leurs seins, se déverser sur un champ ou une rivière jusqu'à qu'ils disparaissent complétement des yeux de ceux qui les avaient toujours connus.
D'autres filaient vers l'océan et revenaient, plus forts encore, fouetter les branches des arbres, soulever leurs troncs, arracher chaque jeune bourgeon qui avait eu l'audace d'être en avance sur le printemps.
D'autres encore courraient dans les rues à la recherche d'âmes imprudentes en quête de sensations fortes ou de photographies impossible à prendre car tous les appareils ou téléphones portables s'envolaient avant même de réussir à fixer quoi que ce soit.
Peu importaient leurs motivations, les vents dévastaient le village avec rage. Chaque commerce voyait sa vitrine se briser, chaque maison un morceau de sa toiture s'envoler.

L'église ne fut pas épargnée. Dans le délire de la tempête la cloche vit l'ensemble de ses poutres en bois et de ses cordes se rompre comme si elles n'étaient plus que de simples allumettes arrachées à un fil de coton. La puissance divine jouait avec les symboles.
Il ne s'agissait plus de sonner les heures, les sorties de messes, les célébrations de baptêmes ou de mariages.
Le ciel avait d'autres ambitions pour la cloche. Celle-ci s'élança à la rencontre des Voiles-Raies Manta dont la danse mystique n'avait pas cessé. Silencieuse, aérienne, la cloche se transforma en sterne, l'hirondelle de mer, dont la grâce émut tous les vents. En équilibre parmi les nuages, elle ne bougeait plus. Tous les oiseaux voulurent la rejoindre et contempler avec elle, de haut, la ligne fondue de l'horizon. Il semblait qu'une île terre venait de naitre au-dessus du village. Une île de voiles regroupées autour de l'ancienne cloche de l'église qui n'avait pas attendu le jour de Pâques pour rejoindre le ciel.

Toute l'après-midi l'obscurité enveloppa le village. Personne ne s'aperçut de la tombée de la nuit ni du bruit de la mer prête à se soulever encouragée par son amplitude exceptionnelle. La marée était enfin haute. Haute comme elle ne l'avait jamais été selon les registres les plus anciens. Son ventre se transformait en bête. Un nouvel animal marin grossissait sous la caresse des vagues. Niché sous la mer noire personne ne le voyait encore à l'exception des plus érudits des vents.

Au cœur de ce temps bouleversé, un petit courant d'air s'échappa de l'influence de ses aînés. Aussi agile que rusé, il pénétra dans l'hôtel par un trou minuscule de dessous la porte d'entrée. Il s'élança dans les escaliers, renifla le seuil de chacune des chambres occupées prêt à débusquer les derniers secrets.
La première chambre fut celle de Solange.

Allongée sur son lit, la jeune fille lisait à la lueur de sa lampe de chevet encore alimentée par l'électricité de la ville.
Le petit courant d'air fut surpris de la découvrir ainsi, calme et concentrée. Le coin admirable de ses lèvres avait retrouvé sa sérénité. Rien ne pourrait plus lui être refusé. Solange réclamait la paix et elle l'aurait. Indifférente à l'agitation des éléments extérieurs, sa respiration suivait un rythme régulier. La tête légèrement surélevée sur son oreiller, son regard se portait lentement de gauche à droite de son livre. Solange étudiait la patience.
Parfois son attention se portait sur autre chose. Elle se surprenait, alors, à compter chaque craquement des volets clos, chaque coup porté contre la façade de l'hôtel, comme on récite un mantra ou une prière sur un chapelet.
Recueillie au-dessus de son livre, Solange savourait le plaisir d'écouter le temps qui passe. Un temps enragé qui la laissait d'une impassibilité surprenante pour une jeune fille de son âge.
Rassuré de la voir ainsi, le petit courant d'air la quitta pour rejoindre le couloir à la recherche des plus âgés.
La chambre de Salvatore était vide. Celle d'Annette emplie de désir.

Assise nue sur son lit, elle contemplait encore le vide laissé par la disparition de sa maison. Jamais elle n'avait imaginé que traverser la rue provoquerait autant d'inédits et de bouleversements dans sa vie.
Annette n'avait connu qu'un seul homme, son mari. Aucune autre peau, aucune autre odeur que celle de Georges avec lequel elle n'avait pas couché depuis si longtemps qu'elle ne se souvenait même pas de la dernière fois. Salvatore était là pour lui rappeler l'essentiel. Elle avait toujours un corps. Peu importaient ses plis,

cicatrices ou vergetures, tout ceci n'était que tendres défauts à sa vue.

La peau possède le plus grand pouvoir du corps, il garde en mémoire la magie de chacune des caresses propres à son extase. Annette se souvint de tout. De l'enroulée voluptueuse des jambes, de l'étreinte sensuelle des bras, de la subtilité des doigts, de la vigueur d'un membre, du plaisir charnel d'une bouche contre la sienne et de l'envoutant va et vient qui la retint pendant longtemps au-dessus des draps. Suivant le rythme des bourrasques de vent contre la façade de l'hôtel, Salvatore fut infatigable.

Le climat de cette région était bien plus vivifiant qu'il ne le pensait. La sensualité d'Annette avait, comme par miracle, terrassé l'insidieuse douleur qui avait envahie ses lombaires la veille au soir. Animé d'une force nouvelle, il combla de plaisir celle qui s'était tenue dans ses bras tout l'après-midi. Il eut tout le temps et de multiples occasions de lui prouver à quel point il tenait encore bien droit sur ses jambes admirables pour un homme de son âge.

Le petit courant d'air fut impressionné par l'énergie et l'harmonie qui régnaient dans cette chambre. Repu, Salvatore venait de s'endormir. Dans une attitude aussi digne que fière, Annette faisait face à la fenêtre de la chambre, vibrant encore d'un plaisir qu'elle n'avait jamais connu de l'autre côté de la rue.

Sans faire de bruit, le petit souffle d'air disparut de la chambre, curieux de savoir si, au bout du couloir, de nouveaux amants avaient fait connaissance.

De ce côté-ci de l'hôtel, le temps semblait s'être arrêté. L'obscurité avait libéré toutes les étoiles d'or et d'argent que

chacune des deux âmes, présentes dans la chambre de Jean, pensait éteintes à jamais.
Et pourtant elles étaient là, tellement intenses que le petit souffle d'air crut qu'il avait déjà regagné le ciel.

Veronica dormait sur la poitrine de Jean. Sa tête reposait sur son flanc gauche comme si elle vérifiait que le cœur battait toujours. La main gauche de Jean tenait encore celle de Veronica. Peut-être s'étaient-ils endormis à peine arrivés dans la chambre, épuisés par la recherche de leurs souvenirs.
Aucun des deux n'était nu.
Veronica portait encore son pull gris. Jean sa chemise que les mouvements du sommeil avait froissée. Leurs jambes étaient enfouies sous les draps. Ils ressemblaient à un couple qui dormait ensemble depuis longtemps.
Qui savait comment être l'un vis-à-vis de l'autre. Qui connaissait quelle position tenir pour que l'autre puisse s'évader dans un rêve qu'il aurait le temps d'achever avant son réveil.
Il n'y avait pas que les étoiles de leurs âmes qui éclairaient la chambre, la peau de leurs deux mains jointes scintillait dans l'obscurité de la nuit qui venait de tomber.
Leurs mains s'étaient tenues si fort qu'une lumière à l'indéchiffrable mystère avait transpercé leurs peaux.
Jean avait embrassé et caressé la main de Veronica comme s'il n'avait jamais connu une autre main que la sienne.

Intimidés d'être enfin réunis dans la même chambre, ils s'étaient longtemps regardés sans rien dire avant de trouver le courage d'échanger, face à face, les premiers mots qui viendraient sceller à jamais leurs secrets.
Il l'avait vu pleurer du départ de sa mère et avait voulu être le premier à la consoler. Les premières larmes de Veronica avaient

jailli de ses yeux sans qu'elle s'en rende compte. Sans qu'elle sente le chagrin la prévenir. Deux petites larmes d'enfant avaient glissé sur ses joues. Et d'un coup la température de son corps s'était modifiée. Par le biais de l'eau salée coulant de ses yeux, le feu profond de sa détresse disparut enfin.

Le petit courant d'air survola le visage de Jean laissant échapper d'infimes particules d'eau de mer sur chacun de ses yeux. A son réveil, il ne verrait plus le monde de la même façon. La clarté divine lui serait rendue.

Lorsque le petit courant d'air quitta l'hôtel la mer venait de se soulever. La nouvelle bête océane avait courbé le dos. D'immenses vagues déferlèrent l'une derrière l'autre emportant avec elles tous les détritus jetés par les hommes inconscients de leurs crimes.
Nostri maris, notre mer à tous venait d'entrer dans la ville.

Un rugissement d'eau traversa à folle allure les ruelles du village brisant sur son passage tout ce qui lui avaient été laissé en pâture. La mer se glissait là où les vents n'avaient pas pu se rendre.
Elle envahit chacun des caniveaux, des égouts, des caves, des fentes destinées aux rejets des hommes pour mieux leur resserrer ce qu'ils pensaient disparus. Tout remonta à la surface en un bruit de gargouillis épouvantables.
Sous la puissance de l'eau la terre se fendit en deux. De ce trou béant jaillirent en tornades les sentiments usés et tous les déchets misérables du village. Un mélange composé de bois, de plastiques, de métaux rouillés, d'excréments, mais aussi de haines, de jalousies et de traitrises, gicla de nouveau à leurs figures.
Toutes les maisons tremblaient. Les plus vulnérables d'entre elles voyaient leurs fondations craquer, leurs murs se lézarder prêtes à

accueillir la mer décidée à occuper les lieux laissant ses habitants à leurs regrets.
Ceux qui lui tournèrent le dos trop tôt furent emportés par sa folie destructrice. D'autres, réfugiés dans leurs greniers ou sur les toits, se mirent à pleurer car ils ne savaient plus qui d'elle ou du ciel étaient le plus à craindre.
La nuit noire était si impénétrable que certains pensaient avoir été arrachés à la vie au moment même où ils surent, enfin, à quel point elle était précieuse.

Arrivée au pied de l'hôtel, la mer vit, d'un coup, sa force s'évanouir. Pleine depuis plus de vingt minutes, elle ne produisait plus aucun mouvement inquiétant. Attirée de l'autre côté de la terre, lentement la mer devait se retirer.
Il ne s'agissait plus d'envahir la côte et les villages mais de retourner là d'où elle venait. Sous l'influence des corps célestes, il était temps pour chacun de regagner le lieu d'où il s'était échappé.
Comme si elles s'étaient données le mot, la mer et la tempête se calmèrent enfin. Du haut du ciel, le petit courant d'air contemplait l'hôtel et sa poésie émouvante.
Se tenaient dans trois chambres, cinq résidents agrippés, de toutes leurs forces, ce à quoi ils tenaient le plus.
Un livre ou une main.

Au loin, à l'autre bout du pays, certains, déjà, préparaient leurs bagages. Que d'espoirs, colères et chagrins entassés entre les pulls, robes, pantalons et chemises. Ignorants tout de Saint-Briac, les plus motivés ou les plus perdus avaient déjà pris la route. Hagards ou fiévreux, exaltés ou timides, tous avançaient en direction de la côte métamorphosée par les flots.

En ne se fiant qu'aux noms des panneaux dressés sur leur chemin, peut-être réussiraient ils à trouver l'hôtel de leur fuite.
Les plus pressés d'entre eux auraient de la chance, une chambre venait de se libérer.

Remerciements

Mes profonds remerciements à Jean-Jacques R.

Je voudrais également dire ma gratitude à Bérénice, Joanna et Bérangère, mes premières lectrices.

Mentions légales©2020 Cécile Oliva

Tous droits réservés

Les personnages et les événements décrits dans ce livre sont fictifs. Toute similarité avec des personnes avec des personnes réelles, vivantes ou décédées, est une coïncidence et n'est pas délibérée par l'auteur.

Aucune partie de ce livre ne peut être reproduite, stockée dans un système de récupération, ou transmise sous quelque forme que ce soit ou par quelque moyen que ce soit, électronique, technique, photocopieuse, enregistrement ou autre, sans autorisation écrite expresse de l'éditeur.

© 2020, Cécile Oliva

Édition : Books on Demand,
12/14 rond-Point des Champs-Elysées, 75008 Paris
Impression : BoD - Books on Demand, Norderstedt, Allemagne
ISBN : 9782322240166
Dépôt légal : Août 2020